AF409742

Aquí nosotros

Desde el planeta Tierra

Por Felipe Marcano

Relatos de Jack Halley; viajero del tiempo y el espacio, con ilustraciones.

Aquí nosotros

Desde el planeta Tierra

Copyright © 2021 Nevel Marcano
Todos los derechos reservados.
Publicado por Nevel Marcano/KIK2021AutoEditores.

Ilustraciones (adaptadas por tratamiento digital)
Portada: 'Sistema Solar', Kamila Marcano, ocho años, a lápiz de colores sobre papel.
'La Tierra, 2086...', página 9, *'Guayamurí'*, *'Paraguachí'*, Isla de Margarita, Fotografía N.M. (2014).
Dibujos a mano, lápiz sobre papel, N.M. (2020–2021).

Correo: kik2021autoeditores@gmail.com
Web: @kik2021autoeditores

Reservados todos los derechos según lo establecido por las leyes sobre derechos de autor y propiedad intelectual.

Depósito legal SU2021000009
ISBN 978-980-18-1836-6

Impresión bajo demanda
Publicación independiente

Contenido

Dedicatoria

Una aventura
para: Kamila Valentina;
hacia la vida en tiempo futuro,
desde las dificultades y sinsabores,
a través de la ciencia, el conocimiento,
la imaginación y la distancia generacional,
en recordatorio eterno de las conversas diarias
que, en espacio-tiempo pandémico, nos tocó vivir.

Prólogo

a la edición original.

La ambición trajo la guerra, la devastación y la muerte, la colisión planetaria. Tras de esta, una gran explosión; de colapso civilizatorio, extinción de las especies, ante el posible exterminio del planeta Tierra. La naturaleza prodigiosa, sostén de la vida, alterada por entero resultó; días deslumbrantes, de calor y luz abrasadora de un lado, en contraposición de profundas, tenebrosas, largas y frías noches, sobre la otra cara. Agua y fuego se alternan y disputan territorios, mientras; la especie humana, toda, vive expectante, esperanzada en un universo milagroso, que parece mostrar, como a ninguna otra especie, en milenios, su más preciado y mejor guardado secreto:

¡El origen de la existencia!

Los pocos niños que aún habitan la Tierra, incansables, desprevenidos, desde su inocencia y alegría de niños, disfrutan oír, idealizar y reescribir historias, de fantásticos viajes estelares con velocidades hiperlumínicas, a través de un misterioso e insólito universo, desde las narrativas de un viejo y desconocido navegante, mientras juegan a grandes aventuras, representación de heroicos marineros, sobre naves que; «varadas y olvidadas a orillas del mar, viven el destino de los barcos viejos», como testimonio ineludible de la fragilidad de la vida humana y la biodiversidad terrestre.

N.M.
Editor.

Ubicación:

Espacio y tiempo histórico

«¡Jack, Jack, Jack!» … «¡Levántate, Jack!» …
«¡Ya está aquí!» «¡Ya vino Jack!» …
Tras reiterados llamados desde la calle, al abrir los ojos, en la distancia, al interior de la habitación, vislumbra el llamativo tatuaje a la espalda, entre los hombros, de la joven que esta madrugada lo acompaña. A medio vestir, solo con prendas íntimas, deja ver, a contraluz, su delicado y hermoso cuerpo, parada en la ventana conversando con el grupo de niños que lo llaman e invitan que los acompañe, reiterada y afanosamente, mientras se pelean por mirar a través de un telescopio colocado de manera improvisada en medio de la ruinosa calle.

Ilustración: 'Bocetos' J.H. Bitácora del timonel

¡Es el amanecer del siglo, tras su última visita! ¡Veinticinco años más tarde de lo previsto! –¡Cien años exactos! –. ¡Allí estaba!, en la lejanía del espacio, al noroeste, unos cuantos grados sobre el alterado horizonte terrestre.

«¡Ven, por favor, Jack, ven a contarnos historias!» ... Con pasión reiterada, insisten los niños en su llamado desde la calle, al tiempo que se pelean por mirar a través del viejo telescopio.

«¡Acompáñanos, Jack, te hemos esperado toda la noche!» ...

Tras colisionar con la Luna, la Tierra había abandonado su trayectoria regular y entrado en una órbita de espiral elíptica con decaimiento hacia el Sol. Desde entonces, en menos de dos décadas, dotada de una avanzada, eficiente y fantástica tecnología espacial, la sociedad sobreviviente; emprendió la más ardua, grande y significativa búsqueda hacia el espacio exterior. Un lugar habitable para la vida y la continuidad de la biodiversidad terrestre ante la evidente y cada vez más acelerada extinción del planeta.

La vida en la Tierra es cada vez más difícil; la inclinación de su eje rotacional ha prolongado los tiempos de exposición de luz solar sobre el hemisferio norte y las noches sobre el sur. Las mareas, el clima, todo ha sido alterado drástica y de forma dramática, empeorando con cada recorrido de esta cambiante trayectoria orbital en decaimiento y aproximación al Sol. Los recursos naturales son cada vez menos abundantes, con requerimientos extraordinarios para su transformación y uso. Los territorios, cuando no están bajo constantes inundaciones, son ocupados por la población sobreviviente, perdiendo de manera acelerada y drástica su habitabilidad y potencialidad biológica, productiva y reproductiva.

Jack; es uno de esos navegantes que con relativa frecuencia visita la Tierra para descanso y recreación después de largas temporadas en el espacio profundo, distante.

Entre los sobrevivientes de la guerra por la Luna con mayor edad, es de los exploradores fundadores del establecimiento en el espacio exterior, hacia las órbitas de Venus, Marte y Júpiter.

¡Nadie sabe qué edad tiene! ¡Él tampoco lo recuerda! En sus narrativas dice tener «¡ciento veinte años!»

Como navegante estelar, es uno de los humanos de excepcional conocimiento sobre el universo más allá de este, nuestro sistema planetario. Para su no tan joven cuerpo, tras glamurosas noches en hermosa compañía, no resulta fácil levantarse a tempranas horas de la madrugada y menos seguir el ritmo de los niños, que, desde la calle, frente a la casa, a orillas del mar, tras cada regreso, lo requieren en busca de narrativas sobre aventuras a través del espacio-tiempo.

Con apariencia de un poco más de medio siglo de vida, para muchos de los oyentes, era un total desconocido, ninguno sabía de dónde era ni qué edad tenía en verdad. Solo sabían que, contaba historias de fantásticas e increíbles aventuras, con las que todo oyente, «¡siempre quedaba encantado!», expresan, con extremo entusiasmo y esperanzados, en ser parte de una de esas selectas y osadas tripulaciones que desde la Tierra surcan el cosmos hacía distantes y diversas regiones del universo. Más allá de los límites imaginados alguna vez por el ser humano.

Según Jack; «para el momento reclamado por los niños, como ningún otro ser humano, no solo tenía la oportunidad de presenciar una segunda visita del cometa Halley por este sistema solar en un siglo, sino que; en su último viaje, había conocido toda su trayectoria orbital y ahora se encontraban en la Tierra como dos viejos amigos» por lo que, entre los niños y asiduos oyentes de sus narrativas, era común conocerle como:

«Jack Halley, viajero del tiempo y el espacio».

En una sociedad caracterizada por la desesperanza de no saber a dónde va, ni hasta cuándo vivirá, los niños, que desde la calle solicitan su presencia, con edades entre siete y catorce años, son de las últimas generaciones nacidas después de la guerra, tras la colisión con la Luna. Poco conocen fuera de los límites de su calle y tres, cuatro millas al horizonte mar adentro, hasta donde se aventuraban a llegar con sus pequeñas embarcaciones propulsadas por el viento. ¡Nunca se aventuran a ir más lejos! Su mundo exterior y conocimiento del universo estaban limitados a las expectantes narrativas de Jack, quien decía: «¡Tener ciento veinte años y haber recorrido todas y cada una de las galaxias y espacios que forman el universo!»

El desaliento y advertencias, en cada narrativa de sus aventuras, con las que intentaba desencantarlos de la falsa promesa e idea de salvación en aquellos viajes y la vida futura en algún lugar del espacio, no los desencantaban, por el contario; desde su inocencia y alegría de niños, los motivaba a ser, algún día, parte gloriosa de aquellas abnegadas, osadas tripulaciones, aventureros espaciales, buscadores de oportunidad en el inefable universo que albergara lo que de la vida terrestre iba quedando. Para ellos, los niños de este tiempo, el vivir una de esas experiencias, era la mejor esperanza de futuro que aquí en la Tierra no tenían. «¡Difícil proeza para niños de su edad!», siempre terminaba expresando Jack.

De eso vivían el día; jugando e idealizando, en la playa, construían su realidad mundo, desde las fabulosas historias de su desconocido y viejo amigo Jack.

«¡Jack Halley, viajero del tiempo y el espacio!» Como ellos le decían cariñosamente.

Historias que, contadas por Jack, y vueltas a contar entre ellos, les alegraban la existencia, abriendo un halo de vida. ¡Así son y viven los niños en la Tierra de este tiempo histórico!

Arriba en el espacio, ocupando la órbita lunar respecto a la Tierra; la flota estelar, con unos cincuenta millones de personas, busca caminos hacia mundos probables, habitables para la continuidad humana, en todas direcciones del horizonte estelar, hacia la lejanía y profundidad del universo.

Más de cien naves de gran capacidad y maniobra, clase *Cuásar*, junto a otras —alrededor de doscientas—, clase *Pulsar*; de menor capacidad de carga, mayor autonomía, versatilidad y velocidad, conforman la gran flota espacial terrestre que busca a toda prisa, en todas direcciones, un nuevo mundo donde poner a salvo los últimos testimonios de la vida que, durante millones de años, ha habitado el planeta Tierra.

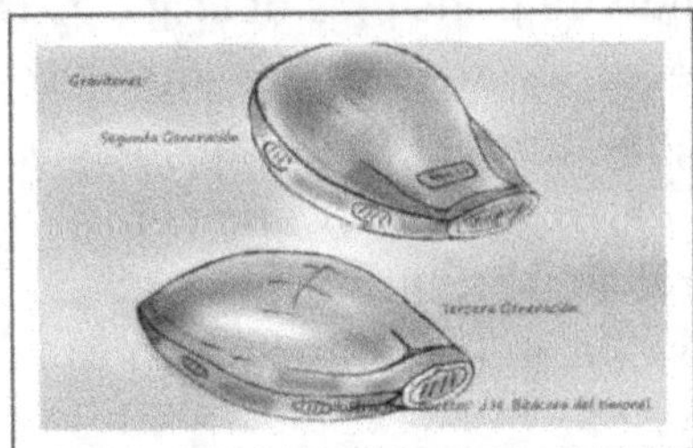

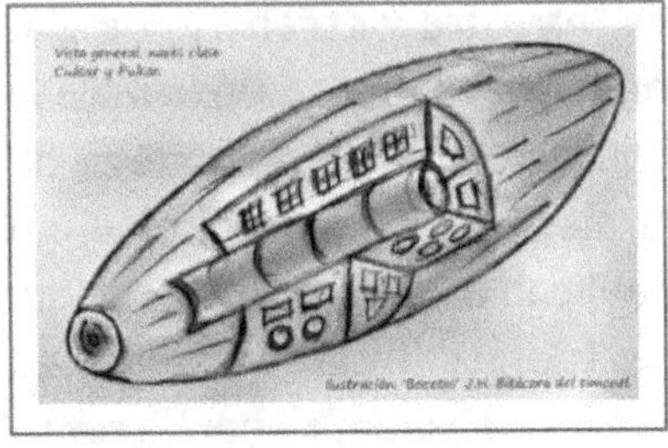

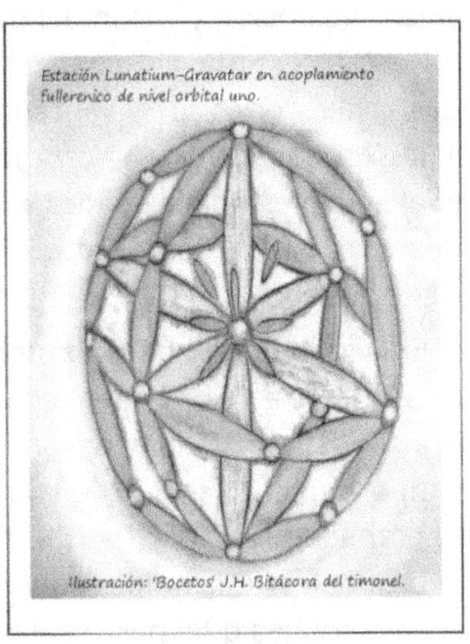

Ilustración: 'Bocetos' J.H. Bitácora del timonel.

Vistas desde la superficie terrestre; eran verdaderas fortalezas flotantes en el espacio sideral. Con capacidad para albergar desde tres mil almas, en las de clase *Pulsar*, a quinientas mil, en los grandes y fantásticos transportes, de clase *Cuásar*, con disponibilidad de alojamiento adicional, para la biodiversidad terrestre y sistemas de soporte vital, lo que las definía como, las naves insignias de la flota estelar terrestre y catalogaba, como:

«¡Verdaderas arcas espaciales!»

Las naves *Cuásar*, acopladas entre sí, por medio de las naves *Pulsar* y *Gravitones* –naves de servicio intermedio entre la Tierra y el espacio–, forman la superestructura espacial terrestre *Lunatium-Gravatar*, de avanzada expedicionaria.

«¡Como nunca antes en la historia humana!», refiere Jack.

¡Gigantesca y novedosa arca espacial terrestre, jamás imaginada por sociedad alguna!, que desde la antigua órbita lunar acompaña a la Tierra en lo que, «parece ser un proceso inevitable de extinción».

La concepción y visión del mundo de principios del siglo XXI, casi estaba extinta, ante una moderna sociedad y diferentes normas civilizatorias, de avanzada generacional, para la que; las viejas teorías científicas estaban en desuso, casi proscritas, al igual que lo estaba la política y la religión en sus formas tradicionales, más antiguas y cotidianas, de edificar al mundo y la sociedad.

En el precolapso de la existencia terrestre y escenario de viajes estelares a velocidades superiores a la velocidad de la luz, los arraigados conocimientos; concepciones científicas y modelos de comportamiento social, de la naturaleza y el mundo biótico, en un parpadeo histórico, perdieron aplicabilidad, sentido práctico y funcional. Tras la unificación de las teorías de campos y fuerzas fundamentales que, hasta entonces, se pensaba, regían la naturaleza y la forma de estructuración del universo:

«¡Sus fundamentos, perdieron vigencia y aplicabilidad!»

El estado, de alcance global y estructura social, espacial vigente, lo integran jerárquicamente: Especialistas; con formación sobresaliente en áreas vitales. Sus auxiliares, son técnicos de larga experiencia y reconocida experticia, sin preparación académica formal. En el segundo nivel jerárquico-social; están los científicos, académicos, investigadores, de mediana edad, desplazados al segundo nivel, tras el fracaso socio-científico en la búsqueda de una solución a la pandemia global por covid-19 de dos mil veinte y sus daños colaterales, la destrucción de la Luna y el surgimiento del *Lutenium*. Los más jóvenes, en formación, se dedican por entero al estudio, investigación y formulación de nuevas teorías que expliquen, describan y permitan conocer, con absoluta propiedad y certeza, el presente y excepcional panorama existencial. Conformando, de esta manera, una clase social muy selecta de gobierno, dirección, mando y control, que vive, en el confort y seguridad de las alturas o, en ocasionales oasis terrenales, bajo resguardo y protección de ejércitos corporativos, administrados por militares de altos rangos y personal obrero, logístico, de elevadas calificaciones, en la última línea formativa-evolutiva, muy jóvenes.

Al principio, después de la destrucción de la Luna, seis, siete, corporaciones industriales-tecnológicas-farmacéuticas tomaron el control y mando del mundo, con dominio total sobre la biodiversidad y recursos vitales; agua, energía, aire, alimentos, genética, medicamentos. Ante el surgimiento de nuevos y muy poderosos conflictos de intereses corporativos, contrarios a los fines y propósitos fundacionales de esta sociedad y su modernidad civilizatoria, se dio un nuevo y definitivo vuelco hacia lo que hoy existe en busca de salvación, preservación de la existencia, estableciendo prioridades, mando y control, en las estaciones espaciales y sus proyectos de avanzada.

En la Tierra; la sociedad en general vive a la expectativa, tutela y protección del mejor postor del momento, que, en compra y venta, transan la vida y mano de obra de los individuos, según necesidades y requerimientos dictados por las tres corporaciones sobrevivientes, que mantienen el control y la administración absoluta sobre recursos vitales; agua, energía, aire, alimentos, medicamentos, desde la precariedad, necesidad y esperanza de vida.

«Solo los mejores, más saludables, de mayor y mejor preparación, pueden tener una oportunidad de llegar y conformar la clase dominante que vive y goza de privilegios desde la estación espacial», recuerda siempre Jack.

«¡Los más osados y afortunados!», como era el caso particular de Jack Halley, quién siempre decía, recordar de su niñez, «una conexión con el cielo, en tiempos de calurosos veranos, al elevar papagayos o durante los tormentosos inviernos, cuando tras la advertencia de devastadores tornados, todo mundo corría a los refugios en busca de protección». Los menos afortunados nunca suben a la estación, viven y trabajan sobre la desolada y marchita tierra con la esperanza, en espera, de una distante oportunidad. Desde las palabras de Jack:

«¡Inexistente oportunidad!».

Tener una habitación propia, con buena cama en la Tierra, sabanas limpias, agua, alimentos, medicamentos, energía, era la más codiciada prerrogativa que deseaba tener un humano, «el anhelo de cualquiera sobre la Tierra», y Jack Halley, era uno de esos afortunados.

Era uno de esos pocos hombres comunes con la pericia y el arrojo necesario de los pioneros en la exploración espacial primigenia, uno de los contados navegantes espaciales con amplia trayectoria y experiencia en la carrera de viajes espaciales a través del vasto, solitario y silente universo. Se había iniciado en alguna parte, «¡no recordaba dónde ni cuándo ni cómo!», solo sabía y mostraba la pericia requerida, especializada, en reconocimiento y pruebas de naves, con propulsión de salto cuántico estelar, lo que le facilitó su improvisado y urgente ascenso a auxiliar maestre de navegación estelar –timonel, en las naves de la clase *Pulsar*–. Tenía la destreza y cualidades necesarias, las usaba en su beneficio, para su supervivencia, entre tan preparada, selecta, específica y especialísima tripulación. Ese conocimiento lo hacía especial y necesario.

«¡Imprescindible tripulante!»

Ese es Jack Halley, como le dicen quienes lo conocen; «viajero del tiempo y el espacio, conocedor de mares, océanos y galaxias, timonel; narrador de historias y aventuras fantásticas, navegante del espacio-tiempo, como el cometa que le da nombre».

Muchos eran los cálculos y las especulaciones sobre cuándo sucedería el colapso terrestre o si, por el contrario, en lugar de caer hacia el Sol, se chocaría antes con cualquier otro planeta, de los vecinos más próximos, en la errática trayectoria orbital o si se llegaría a un equilibrio gravitacional, que detuviera lo que parecía ser una inevitable catástrofe planetaria.

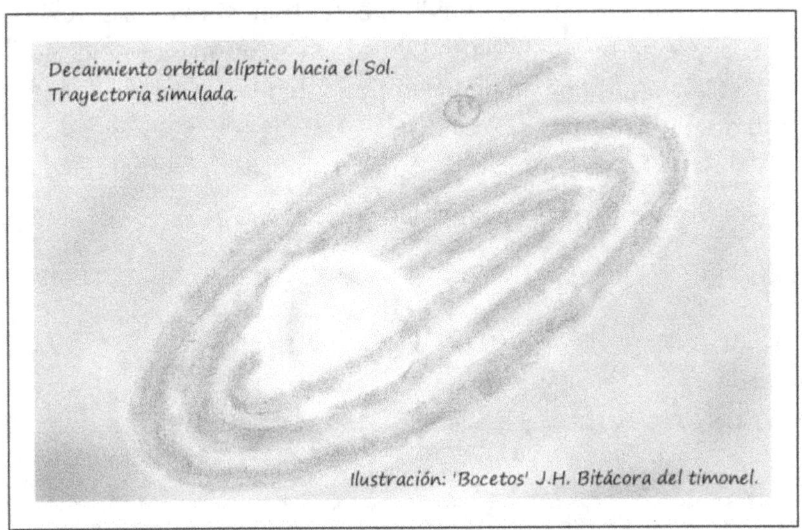

Ilustración: 'Bocetos' J.H. Bitácora del timonel.

De lo que se estaba seguro; era de la gravísima situación interna, consecuencia del devastador cambio climático, ¡nadie estaba a salvo! Era necesario, de urgencia vital, ubicar un lugar donde darle continuidad a la invaluable carga de buena parte de la biodiversidad que, para entonces, habitaba el planeta Tierra, y que, en este tiempo histórico, está bajo resguardo en las naves de clase *Cuásar* que forman el arca espacial terrestre *Lunatium-Gravatar*.

En tiempos espaciales; «¡solo era el comienzo!», «¡no se sabía cuánto quedaba!», pero; se trabajaba y buscaba con la mayor celeridad, en todas direcciones, comprensión del nuevo y desafiante momento, al que; desde el universo, profundo y silente, parecían abrirse las puertas para la continuidad de la vida terrestre.

En la Tierra, la población sobreviviente, —estimada en poco menos de dos tercios de la población de principios de siglo— aguarda, impaciente, por una oportunidad. Esperanzados en tan descomunal avanzada humana, nunca imaginada, a medida que el planeta, otrora, majestuoso tercer planeta del sistema solar, en La Vía Láctea, parece; inevitablemente destinado a su extinción, al precipitarse, paulatina y cada vez con mayor celeridad, hacia el Sol, que por mucho tiempo lo iluminó y colmó de vida, pero que:

«Ahora, cada vez más fulgurante y abrasador, con el paso de cada órbita, parecía arrebatársela».

Capítulo 1

Batalla por la Luna

El fracaso estructural, socio-científico y tecnológico, en la búsqueda de una solución curativa, válida, viable, al alcance y disposición de la especie humana, contra la afección pandémica mundial, al inicio de la tercera década del siglo XXI, y sus prolongados efectos secundarios, trajo consigo un significativo y muy profundo malestar social. Generalizado, de alcance global, contra instituciones, organizaciones, estados y grupos corporativos.

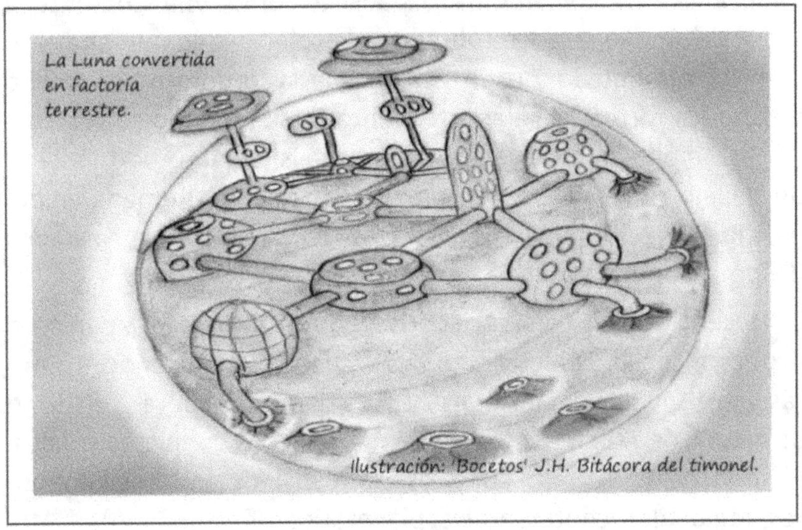

Ilustración: 'Bocetos' J.H. Bitácora del timonel.

Mezquindades, egos, llevaron a desacuerdos en técnicas biotecnológicas y desarrollos economicistas, en búsqueda de dominio geopolítico, conduciendo, toda iniciativa comunitaria, a un inefable fracaso en la vida académica, científica, investigativa y tecnológica, con profunda repercusión en las colapsadas estructuras sociales y sistemas médicos sanitarios del modelo civilizatorio vigente. Delicada situación social, política, económica, sanitaria, de alcance global, que; perdida la fe y esperanza, desembocó en estallidos sociales, enfrentamientos locales, regionales, hasta el conflicto bélico de escala planetaria, llevando a la población mundial a un estado de calamidad e incertidumbre nunca antes visto.

Los estados naciones, al servicio de poderosas corporaciones; farmacológicas, energéticas, biotecnológicas y genética, establecieron una arquitectura social institucional corporativa para el aprovechamiento y control absoluto de fuentes y recursos vitales; energía, agua, alimentos, aire, biodiversidad genética y reproductiva, medicamentos, servicios sanitarios, sin importar fronteras ni soberanías de los estados naciones más débiles. Estableciendo su hegemonía expansiva como una cuarentena social de amplio alcance sobre toda la colectividad humana altamente fragmentada. Desde esta ingeniería corporativa se definió una nueva forma de relacionamiento humano en lo social, económico, político, productivo, hacia un aislamiento permanente de clausura del espacio y tiempo libre para el ser humano en beneficio y restauración de lógicas mercantilistas y estados déspotas, dominantes.

Decepcionadas; las sociedades entraron en caos, pánico e irrupción social, colectiva, generalizada, desconociendo fronteras, instituciones, naciones y su dominio sobre territorio poseedor de recursos vitales, dando origen a conflictos locales, fronterizos, y luego; hasta el escalamiento de ámbitos superiores; regionales, continentales, planetario.

Iniciada la guerra total entre humanos, fue declarado el estado de calamidad y supervivencia mundial. Se buscaba poder, mando y control sobre todo lo existente en la Tierra y sus recursos; energía, agua, biodiversidad, sin importar derechos, legislaciones, fronteras, originando una verdadera crisis civilizatoria, desconstructora de todo el tejido social, político, cultural, económico, de siglos pasados, a partir de perversos y muy malignos sentimientos, sórdidos, ajenos al ser y sentir del concepto de humanidad y la continuidad de las especies en el planeta.

El desprestigio, la falta de credibilidad y desconfianza, en la argumentación de las clases dirigentes, valida el descontento y caotización social. Las sociedades colapsan, en medio de una guerra sin precedentes, de todos contra todos, de la especie humana y su civilización contra sí misma. Enfrentamientos raciales, defensa de identidades nacionales y territorios ancestrales, confrontación social fratricida por la supervivencia, sumergiendo al mundo en una devastadora guerra de estado apocalíptico, sin salida viable.

«Guerra despiadada, cruenta, que se prolongaría por espacio de cinco años hasta su estancamiento, sin solución posible que no fuera la destrucción del planeta, ¡el exterminio humano y de toda especie que en la Tierra habitara!»

En la búsqueda de soluciones a este estancamiento y fin de una guerra que solo conducía a la consumación de los propios ejércitos, con el consecuente exterminio del ser humano y toda la biodiversidad terrestre, la sociedad global, en comunidad civilizada, pareció entender.

Desde los altos mandos, sustentadores de la guerra y fuerzas beligerantes, volvieron su mirada hacia la vieja conquista del espacio exterior. ¡Hacia la Luna!, como elemento propagandístico, futurista, catalizador e inspirador de una vida mejor fuera de las fronteras terrestres. Allá, en el espacio exterior, con el goce, disfrute de privilegios exclusivos para los primeros, los más audaces en emprender tan formidable aventura:

«¡La conquista y establecimiento en la Luna, es el camino para la salvación de la especie a corto y mediano plazo!» Decían voces interesadas.

«La solución a la guerra», decían; «¡está en la conquista de la Luna, del espacio exterior!» Hacia la Luna, bajo el ofrecimiento de una mejor vida con el futuro desarrollo de la carrera espacial, «abandonar la Tierra y establecerse en el espacio, para un mayor bienestar, fuera de las fronteras terrestres». Ese era el alcance del ofrecimiento con el que se buscaba desactivar la guerra y recobrar la simpatía y credibilidad perdida.

«¡Vivir como reyes, a expensas de los lugares conquistados, de sus recursos exóticos!, que, como rareza cósmica, serían extraídos y enviados a la Tierra».

Así se inició, tras un armisticio, la desactivación de la guerra en la Tierra y el inmediato desarrollo de la conquista de la Luna, mediante una escalada comunicacional propagandística de convencimiento de masas hacia la salida intempestiva del ser humano al espacio próximo en la vecindad lunar.

«¡Todo el que deje la confrontación y se enliste en las nuevas empresas, será bien recibido!», expresaban en los reiterados llamados a deponer las armas y abandonar los frentes de guerra.

Tecnología e industria, con alcance y dimensiones jamás vistas, fueron colocadas a la disposición de tan formidable y fantástica empresa. Los ejércitos, paulatinamente, ceden posiciones y transfieren personal hacia la conformación de avanzadas expedicionarias, colonizadoras, pioneros en el avasallante desarrollo de la nueva era espacial.

Grupos de avanzada hacia el espacio extraterrestre cercano; primero, hasta órbitas intermedias como sistemas auxiliares, logística, apoyo y transferencia de suministros esenciales allá arriba, hacia la órbita y superficie lunar. En complementariedad vital, como eslabones de una cadena entre la tierra y la luna.

Al principio, bajo el escepticismo y la precariedad en la que se vivía, desde las trincheras al frente de batalla, surgieron los primeros obreros, ingenieros, técnicos, especialistas, mano de obra calificada, toda clase de audaces almas, en ofrecimiento voluntario para ser parte de las avanzadas expedicionarias. Pioneros en el espacio exterior, fuerzas de seguridad dispuestas a enfrentar cualquier amenaza, estableciéndose en auténticos campos de concentración espacial, de régimen totalitario, donde la esclavitud, fue el más significativo padecer humano enmascarado en la compensación con pago a futuro, de buen vivir, tras cada establecimiento colonial logrado.

«En la promesa y esperanza de un renacer de la humanidad».

Innumerables las dificultades y los contratiempos técnicos, y tecnológicos, en la implementación operativa de la avanzada, paulatinamente superados gracias a la inventiva y talento humano. Intentos fallidos, en su mayoría, por la premura y mal planificación en la vorágine de la aventurada carrera contra el tiempo por llegar primero, en la mayor brevedad posible. Desde estos fracasos, la incipiente iniciativa pareció, por momentos, una verdadera campaña propagandística distractora, desarticuladora de la guerra, «para que los ejércitos abandonaran sus posiciones de vanguardia» «Desmoralizadora del enemigo, en abstracción de las posiciones consolidadas al frente de la batalla». En esa lógica de pensamiento, al principio, desde sus posiciones de dominio; ofensivas o defensivas, nadie quería retroceder ni desandar la guerra que tanto les había consumido. En buena parte, de aquellos seres belicistas, había mucha reminiscencia, escepticismo y negación de la futurista idea, de la avanzada y fantástica propuesta.

Destruidos los parques industriales, tecnológicos, tras el caos reinante por años de guerra en todas direcciones; «¿cómo se podía ir al espacio en tan significativa y compleja campaña?», se preguntaban recurrentemente entre los menos convencidos.

Superados esos momentos de dudas y negación de la iniciativa e inventiva humana, la cuestión espacial fue tomando cuerpo, vida y ritmo propios, de extrema celeridad.

Al poco tiempo, casi al término del primer quinquenio, a través de estaciones logísticas, a diferentes niveles orbitales, se establecieron los primeros expedicionarios en colonias sobre la superficie lunar.

«Una, dos, cuatro, ocho, dieciséis, treinta y dos...» instalaciones de superficie, y otras, en la órbita lunar, para transferencia entre órbitas medias y bajas de acceso desde la Tierra.

Sin duda alguna, era el más avanzado desarrollo logístico y técnico jamás imaginado entre la tierra y la luna, que, como lo expresa Jack, «le hacían recordar un cordón umbilical entre el cielo y la tierra al elevar cometas en calurosos veranos».

Así se establecieron, de manera acelerada y, en muchas ocasiones, accidentada, los primeros asentamientos hacia un continuado y vertiginoso desarrollo científico, tecnológico, industrial, extractor, a partir del cual; la Luna, desde la superficie hacia su interior, se convirtió en una descomunal factoría proveedora de incuantificable cantidad de recursos exóticos, de naturaleza y rareza cósmica. Literalmente, comenzó a ser demolida desde su propio corazón, en procura de todo tipo de elementos y sustancias raras, de utilidad tecnológica para la incipiente y muy vanguardista carrera espacial. A partir de la consolidación y desarrollo de este establecimiento lunar, desde aquí, se planificaron y emprendieron expediciones a las órbitas de Venus, Marte y Júpiter, ida y vuelta, con miras al establecimiento de similares colonias productivas, extractivas.

Desde el establecimiento primigenio, hacia el final de la primera década, la superficie lunar fue poblada por el ser humano y su forma de vida. En comunidad, hermandad, desarrollo tecnológico, industrial. «¡Cómo nunca antes en la historia!» Se avanzó hacia una inventiva humana de elevados niveles de conocimiento científico, tecnológico. La guerra y diferencias terrestres, por un buen tiempo, desaparecieron de las narrativas. Tras el armisticio, nadie habló al respecto. Las generaciones posteriores preferían no saber de tal barbarie; en colectivo, no querían recordar las atrocidades de la historia.

En el entusiasmo y embriaguez de la conquista del espacio circundante, como hazaña nunca antes vista, y la mirada puesta hacia el horizonte del sistema planetario, más allá de la Luna, en la búsqueda de bienestar y riquezas faltantes, extintas en la Tierra, la sociedad pareció entrar y consolidar una era de paz, amor y fraternidad. De reedificación social y búsqueda del bienestar perdido, consolidando un nuevo sistema civilizatorio, tras la pérdida y transformación definitiva del sistema económico imperante hasta el establecimiento en la Luna.

Ahora; lo importante era la fuerza laboral con pago a futuro de todo lo encontrado en los nuevos mundos, en correspondencia con preceptos y principios de fragmentación cuántica inmaterial de la riqueza, en ofrecimiento de bien vivir, a futuro, en los paraísos establecidos fuera de la frontera terrestre, según los cuales:

«En la esperanza de un futuro digno, promisorio, llegó y se estableció el ser humano en la Luna, lejos de la maldad, bajo una premisa civilizadora en comunidad como nunca en siglos de existencia», en enmascaramiento de la ambición y la fatalidad.

Desde su llegada y primeros años del establecimiento sobre la superficie lunar, las corporaciones asociadas a salud, biotecnología, farmacología, medicina, genética, química, biología molecular y reproductiva, tomaron relevancia de primer orden en el intercambio de recursos naturales; sustancias exóticas extraídas del corazón lunar para manufactura de avanzada, «¡nada comparable con lo que hasta ahora se tenía y conocía en la Tierra!»

Materiales y sustancias de rareza cósmica son traídas a la Tierra e intercambiadas por materia prima, componentes para infraestructura y combustible, en incesante movimiento comercial, industrial, tecnológico. «¡El mayor y más significativo salto cualitativo y cuantitativo de la sociedad humana en siglos al futuro!», que sin duda; da un vuelco sustancial en la calidad de vida terrestre de esos tiempos iniciales. Toda una floreciente sociedad industrial, tecnológica, de avanzada y esperanzadora armonía. Onírico paraíso, que permeaba e influenciaba poderosamente la vida terrestre, a pesar del aislamiento físico entre sociedades.

Entre los proyectos de vanguardia, de esos primeros tiempos del establecimiento, están los ensayos y pruebas clínicas de concepción y reproducción de material genético terrestre en el ambiente lunar; madres receptoras y hombres donadores, peces, semillas, plantas y animales de la más promisoria y selecta genética terrestre, para la procreación controlada de la futura sociedad espacial, con resultados altamente satisfactorios al concretarse, en el término de los primeros cinco años, el advenimiento de los primeros humanos en la Luna:

«¡Hombres y mujeres de un nuevo mundo fuera de las fronteras terrestres!»

Aislados y resguardados del resto de la población, tras alcanzar su madurez reproductiva, veinte años más tarde, nació una segunda generación de humanos espaciales. La primera generación de humanos nacidos en la Luna sin contacto alguno con la Tierra, «¡era la primera generación de *Lunatienses*!», sus padres, nacidos de embriones de los pioneros, habían vivido en total aislamiento de la Tierra.

Estas generaciones de humanos concebidos y nacidos fuera del hábitat natural terrestre, fue la proeza y logro más significativo de toda la carrera espacial iniciada un cuarto de siglo atrás, cuando la vida en la Tierra parecía extinguirse ante la maldad humana y su ambición de dominio absoluto sobre territorios, riquezas y sociedades.

Concebidos como el germen de una especie de avanzada, ajena a todo sentimiento, imperfección o debilidad humana, pero; en cuyos genes estaba codificada la ambición por ir más y más lejos, hacia el espacio, en la distancia cósmica del horizonte lejano y profundo, constituyeron la generación fundadora de una sociedad espacial civilizatoria, que tenía la responsabilidad de trascender a través del espacio-tiempo. Conformación de avanzadas humanas hacia el espacio profundo, en busca de explicaciones sobre la vida y civilizaciones extraterrestres con las que, inexplicablemente, no se había hecho contacto explícito ni siquiera en esta etapa de la historia.

Estas primeras generaciones, nacidas en la Luna, como el más resaltante producto de la alta especialización en ingeniería social, científica y corporativa, se concibieron como «¡humanos genéticamente codificados fuera del ámbito terrestre!», para sobrevivir a las duras e inclementes condiciones del espacio. Fertilización y genética debidamente canalizadas hacia la obtención de «¡mejores y más eficientes productos!», decían los científicos. «¡Seres de alta calidad genética!», mediante seguimiento y control en vientres debidamente seleccionados, aislados y acondicionados, al principio; hembras nacidas y aisladas de la Tierra, para obtención de segundos vientres reproductivos en total aislamiento lunar, con semen de machos terrestres potencialmente útiles, posteriormente, sustituidos por los nacidos en la Luna. Así se planificaron, viabilizaron y concibieron, genéticamente, las dos primeras generaciones de humanos nacidos en la Luna.

«¡Los *Lunatienses*!»

Pensando en horizontes futuros, promisorios y vertiginosos, de la carrera espacial, desde la frivolidad y proceder ingenieril, corporativo y científico, se planificó y concibió al humano espacial –*Lunatiense* de primera y segunda generación–, como un ser carente de sensibilidad y sentimientos. Características esenciales que definen al humano como único, excepcional, entre millones de especies en el planeta, incluidas la codicia, la ambición, la maldad. El egoísmo y el interés de ser o de estar y dominar sobre otros seres y especies.

«¿Estas dos generaciones eran humanas?»

«¡Sí, lo eran!»

«Humanos concebidos genéticamente, programables en condicionamiento de la vida, de existencia a la perfección, social y afectivamente distanciados, sin relacionamiento interpersonal o familiar»

«¡De pasmosa frialdad lunar en la sangre!».

De esta manera, desde el hábitat desarrollado en el espacio, se fue deshumanizando a la sociedad, nacida y habitante de la Luna, en afán de extirpar los defectos humanos, cualidades y sentimientos, que lo condicionan y caracterizan como un ser imperfecto, pero; de excepcionales características afectivas, actitudinales ante la vida y sus dificultades.

Desde la concepción corporativista de la vida; se impulsó una forma humana mecánicamente apta y programable, de nula respuesta sensorial, afectiva, sentimental. Una especie de humanoide programable para la edificación de una idílica estructura social, donde el trabajo productivo, eficiente, sin ambigüedades ni errores, era el bien más preciado y demandado. La búsqueda de la perfección social, humana, tecnológica, de avanzada, «¡hacia el bien común de la especie!», decían con repercusiones importantes en la sociedad terrestre, donde a pesar de la paz y las sustanciales mejoras en las condiciones de vida, seguían existiendo los desacuerdos y las insatisfacciones, los conflictos por una u otra razón. Eran dos modelos antagónicos, pero de complementariedad existencial vital, que repentinamente; parecieron no entenderse.

«Lo perfecto y eficiente, sin sentimientos ni defectos contra el humano, caracterizado por su imperfección, deseos de maldad, perversión y destrucción contra sí mismo».

Este renacer social, civilizatorio y búsqueda de la perfección humana, trajo consigo; intrigas, inconformidades, resurgimiento de latentes y viejas ambiciones entre corporaciones, gobiernos, instituciones y sociedades, rompiendo la armoniosa fraternidad y hermandad entre la Tierra y la sociedad lunar existente.

El armisticio con el que, hacía más de un cuarto de siglo, se puso fin a la confrontación bélica terrestre e inició la carrera espacial y conquista de la Luna, se daba por extinto y se llamaba a la confrontación armada nuevamente.

Desde la Tierra, volvían y se movilizaban los partidarios de la guerra; organizaciones, instituciones y corporaciones, de toda índole, direccionadas al fomento de la confrontación contra quienes habitaban la Luna.

Grupos separatistas, mediáticos, religiosos, políticos, empresariales, amparados, apoyados, financiados y aupados por corporaciones, fomentaron nuevamente la separación humana, entre naciones y sociedades, entre la Tierra y la Luna, contra su moderna y avanzada civilizatoria. Partidarios de cortar toda relación, intercambio y dependencia, sin sopesar las lamentables y nefastas consecuencias del rompimiento, en desconocimiento del alcance y complejidad de la simbiosis existencial reinante entre ambas sociedades.

Desde las corporaciones terrestres, reclaman participación directa en el gobierno y dirección de las actividades y decisiones en la sociedad lunar. Concesiones en la distribución de bienes, servicios y riqueza producida, exigencias no bien vistas por directivos corporativistas terrestres pioneros, con absoluto control sobre la Luna, su onírica y eficiente sociedad desde hacía más de un cuarto de siglo.

«¡Volvía la discordia entre humanos!» «¡Entre humanos y la sociedad lunar!» «La guerra de la vieja y ambiciosa sociedad terrestre, de perversión humana inigualable, contra la moderna, eficiente y productiva sociedad establecida en la luna, sin sentimientos ni imperfecciones humanas».

El rompimiento de relaciones y hermandad social, asumida desde hacía más de un cuarto de siglo, tiene su punto más álgido, al conocerse públicamente, la existencia en la Luna, de; «¡todo un complejo y completo arsenal armamentístico de potencialidad destructiva planetaria!», elaborado durante años en la Tierra por sociedades secretas, con base en tecnología lunar, para equipamiento de naves de avanzada exploratoria hacia el espacio exterior profundo.

«Tan pavorosa la potencialidad destructiva, que solo uno de estos artefactos, al ser detonado, podía desaparecer, al instante, un tercio de cualquier hemisferio terrestre o de un planeta similar», expresó Jack con pávida expresión de su rostro.

Las divergencias, surgidas por la administración de las riquezas generadas en la comercialización entre la Luna y la Tierra y el control político de la sociedad lunar, entraron en un alarmante y creciente agravamiento. Al conocerse la existencia, de tan pavorosas armas, bajo la presunción insidiosa de su potencial utilización desde la Luna para atacar la Tierra en cualquier momento, trajo mayor desavenencia, desconfianza, profundizando, aún más, la discordia y conflictividad, hasta llevar los desacuerdos a una enardecida discusión por el control y posesión de dichas armas.

Radicalizadas las intrigas y la conflagración entre partidos en la Luna y la Tierra, pronto los alimentos, agua, energía, aire limpio, empezaron a escasear, indudablemente; desde la simbiosis Tierra-Luna, la interdependencia existencial no se podía despreciar en desmedro de unos contra otros, llegando al punto de cortar el suministro en ambas direcciones, la vida se hacía cada vez más precaria, allá en las alturas, a mayor velocidad que en la Tierra. «¡Por momentos impredecible!».

«Tensas relaciones, en la dependencia de la Luna con la Tierra, marcan el momento como nunca, desde mucho antes que la existencia de la especie humana, y quizás; que la propia vida en este, el planeta Tierra».

Bajo este ambiente hostil, un poco más de un cuarto de siglo después de su establecimiento en la Luna, el ciclo destructivo, simbiótico del ser humano, llegó a las alturas espaciales, trayendo consigo la discordia guerrerista, devastadora de mundos y civilizaciones.

Dando por extinta cualquier posibilidad de entendimiento civilizado, se inicia el enfrentamiento directo, abierto, de agresión física, que indudablemente desencadenó en una nueva y pavorosa guerra, por todo el desarrollo que en la Luna se había logrado, contra la subordinación y dependencia que desde la Tierra se tenía en lo tecnológico y científico. «La sociedad terrestre, aupada por grandes y ajenos corporativos, indudablemente reclamaba su libertad e independencia de la sociedad lunar».

Uno de esos días de mayor hostilidad, apenas despuntaba el sol; una muy potente detonación sacudió la superficie lunar, desde el lado oscuro, en propagación hacia el interior y profundidad de su corazón. Ante el colapso de toda la infraestructura, la activación de los elementos reactivos, de autopropulsión en los módulos de resguardo y rescate, sugieren una devastadora explosión, ¡excepcional situación! Alarmas, llantos, sufrimiento, devastación y muerte, como nunca en la historia de esta sociedad lunar.

«El señalamiento; era ir de inmediato al abordaje de las naves de escape» «¡Todos, sin excepción, debían dejar las instalaciones!» «La explosión secuencial, cada vez más acelerada, tomaba cuerpo devastador» «¡Apocalíptico!» «De mayor sufrimiento, para los humanos terrestres, los *Lunatienses*; seguían patrones de comportamiento programado y no se detenían por nada, ni por nadie».

Desde el espacio, lejos de aquella devastación cósmica, se podía apreciar con claridad, la magnitud y resultado del evento, que; como detonaciones en cadena, sacudió la Luna, activando los mecanismos de expulsión reactiva de los módulos lunares.

«¡La Luna, había sido atacada desde su lado oscuro!»

«Una, otra, tres, creo recordar, cuatro —recalca Jack—, potentes detonaciones, fueron suficientes para dividirla en tres grandes fragmentos, que; impulsados por la fuerza expansiva de la explosión, ahora se precipitaban, con pavorosa velocidad cataclísmica, a una inevitable colisión contra la Tierra, donde gran parte de la población, aún permanecía dormida sin imaginar el peligro que desde el espacio amenazaba su existencia y la continuidad de la vida en el planeta».

Capítulo 2

Lutenium

Tras ser impactada por la Luna, la Tierra, fue desplazada de su órbita regular respecto al Sol, disminuyendo su periodo orbital regular en alrededor de seis horas por año, durante los dos años siguientes al evento. Con mucha más notoriedad en el segundo año de recorrido orbital.

En los momentos de mayor aproximación al Sol, desde de la superficie terrestre opuesta, progresivamente se evidenció el surgimiento de un novedoso material, de extrañas, y notablemente desconocidas, características antigravitacionales.

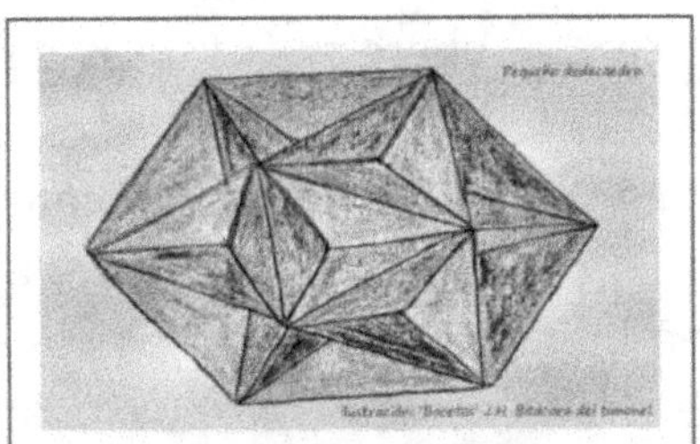

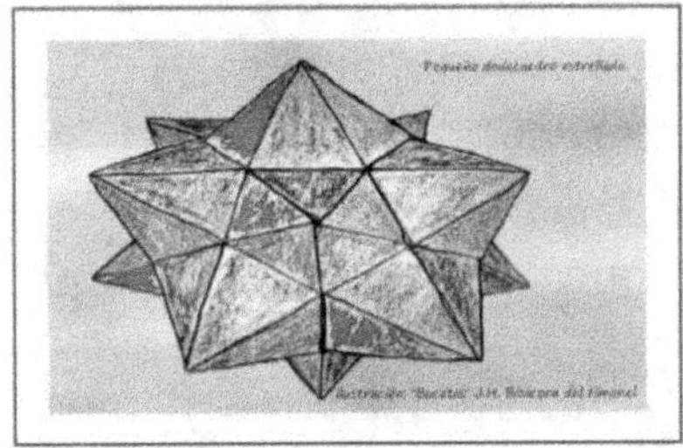

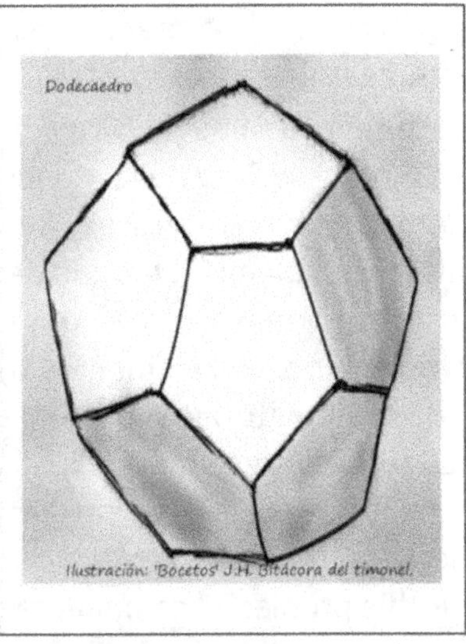

«¡La Tierra parecía despedazarse y distanciarse, en fragmentos de diversos tamaños, ante la proximidad solar!»

«¡Era un espectáculo asombroso, nunca visto!» «Fragmentos terrestres que, como islas ocupando los cielos, describían una Tierra con vida propia» «Negada a ser atraída y absorbida por el sol»

«¡Una visión apocalíptica, espeluznante, al pensar en el destino que nos aguardaba!» «¡Los científicos nunca pensaron en tan dramático e inevitable destino!»

«El sucumbir de la Tierra ante el Sol, siempre se idealizó distante en el tiempo de vida humana, quizás; miles de millones de años después de haber desaparecido por otras causas».

Catalogado como novel material, a esta aleación de naturaleza genética rara y extrañeza cósmica exótica, se le llamó *Lutenium*.

Los primeros estudios muestran una aleación que, en primera fase, cristaliza como pequeños dodecaedros. Con una segunda fase de estructura dodecaédrica, de respuesta fotosintética antigravitacional, al captar variaciones en las energías cósmicas de extrañeza galáctica.

Se teorizó que; «el *Lutenium*, surgió de la fusión de fragmentos lunares, de muy alta y densa energía, portadores de materia cósmica; oscura, exótica». Materia orgánica, de extrañeza cósmica, acumulada en la Luna desde el lado no visible, expuesta al cosmos por milenios, que tras la colisión con la Tierra, se mezcló, y recombinó, con elementos terrestres en proporciones, presiones, temperaturas y procesos termodinámicos desconocidos, dando como resultado una aleación altamente eficiente; prodigiosa en efectos gravitacionales, magnéticos, de conducción eléctrica, térmica y resistencia, aparte de, una fantástica e inexplicable propiedad colimadora, catalizadora, que como memoria genética, metaboliza y sintetiza cualquier señal de energía cósmica distante –en similitud de los organismos vivos–, extrayendo información del tiempo y espacio de origen.

Todo un supermaterial, cuyas propiedades de captación, adsorción, trasmutación, proyección y transformación de energía cósmica distante, en energía potencial galáctica, lo definen como un material único y de importancia vital.

«¡Un sistema orgánico, que responde a enlaces energéticos cósmicos, como cualquier especie viva, ante los llamados de la naturaleza!»

Constituyéndose, desde ese futuro-presente, en el elemento primordial, fundacional, del sistema de avanzada científica, tecnológica, por medio del cual, la especie humana se encaminaría hacia el más grande salto inventivo jamás imaginado.

El surgimiento del *Lutenium* originó una era de avanzada investigativa, científica, tecnología, que invalidó, e hizo obsolescentes, teorías, leyes, principios y procesos, que regían el conocimiento humano y la tecnología existentes.

«¡Una década, después de su aparición en la Tierra, se había dejado atrás todo proceder científico, tecnológico, precedente!»

Como aleación de características excepcionales, muchas de origen y comportamiento desconocido e inexplicable, para el momento, proporcionó una importancia vital, indescriptible, al desarrollo y construcción de naves espaciales de avanzada tecnológica y alta performance.

«¡Formidables naves, de autonomía y alcance estelar nunca imaginados!»

La respuesta gravitacional inversa, del *Lutenium,* como reacción, antigravitacional, al estar en la proximidad de cuerpos masivos, diferentes a la estructura y composición orgánica de la Tierra, mostró un camino para el diseño y construcción de naves y estructuras espaciales de avanzada tecnológica. Permitiendo viajar con la mayor celeridad, en línea recta, entre dos puntos distantes del espacio, sin afectación gravitacional por la curvatura espacio-tiempo.

«Las naves espaciales construidas, a partir del surgimiento del *Lutenium*, para cruzar la extensa dimensión interespacial, objetivo y reflejado, del universo, actúan como un fotón de muy alta energía potencial galáctica, lanzado por un túnel energético, con velocidades hiperlumínicas, varias veces superior a la velocidad de la luz, dependiendo de la métrica distancia-tiempo; energía, fuerza, aceleración..., autoestablecida y configurada por el sistema propulsor luteniano, al centro de las naves *Cuásar* y *Pulsar*, en aprovechamiento de las alucinantes y enigmáticas propiedades antigravitacionales, colimadora, catalizadora, fotosintética del *Lutenium*».

«Colocando al *Lutenium*; como aleación mágica, portadora de vida, ante la adversidad humana y su incierto destino».

Capítulo 3

Carrera espacial hacia el universo sin fronteras

En el apremiante momento; con la Tierra condicionada a su extinción por la atracción gravitacional solar, perdiendo doce días medios de periodo orbital, tras una década de ser impactada por la Luna y abandonar su órbita regular en torno al Sol, el surgimiento del *Lutenium*, y sus particulares propiedades; gravitacionales, magnéticas y eléctricas e inexplicables reacciones genéticas, como organismo viviente, ante variaciones energéticas de las profundidades del universo, creo una brecha generacional, socio-científica, tecnológica, respecto a lo conocido, y por cuyos argumentos se regía la vida terrestre desde el momento de ser postulados.

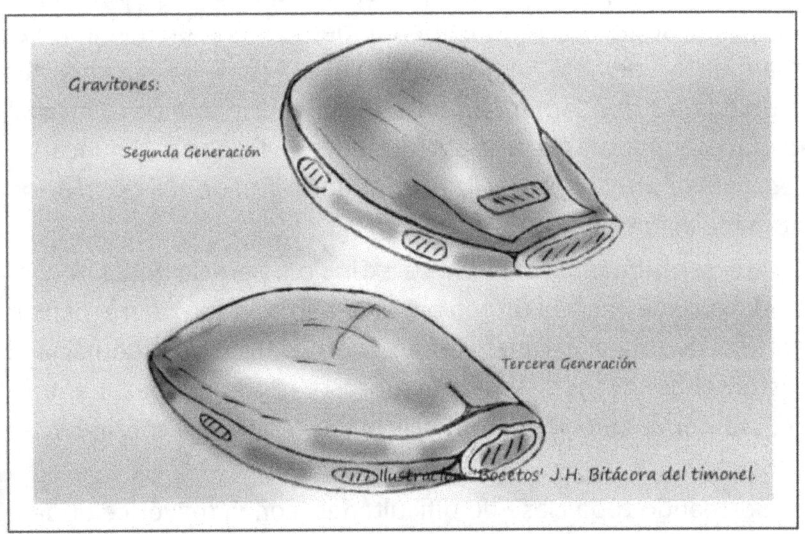

Acción sin precedentes, que cambió toda concepción y visión de la vida terrestre y del universo; leyes, fundamentos científicos, teológicos, religiosos, por los cuales se había regido el conocimiento y la sociedad humana, hasta el surgimiento y uso del *Lutenium*. En un parpadeo histórico; el *Lutenium*, con sus alucinantes propiedades, dejó sin efecto argumentativo, el proceder socio-científico, tras la unificación de las teorías de campos y fuerzas fundamentales como algo cotidiano, de la naturaleza ordinaria, desconocida por el ser humano; su ciencia, técnica y método investigativo. «¡Algo jamás imaginado desde la tecnología y el conocimiento científico existente!»

«¡Era el futuro distante, hecho presente!»

«¡De ciencia ficción!»

«En medio de la tragedia, un nuevo, grandioso y esperanzador horizonte, parecía abrir las puertas para la continuidad de la vida terrestre» «¡Estaba en la especie humana el aprovechar la oportunidad que el universo entero ofrecía!»

A partir de entonces; en posesión de aquella enigmática aleación, bajo un apremiante despertar humano ante la inminente extinción, se dedicó todo esfuerzo, tiempo y recurso al aprovechamiento de tal material, sus mágicas y alucinantes propiedades, fundamentalmente hacia el diseño y construcción de naves espaciales de alta performance y eficiencia, «¡nunca antes vistas!», «¡jamás idealizadas ni en la ficción de generación humana alguna!»

«¡El ser humano, camino a su extinción, parecía haber encontrado la clave hacia el origen del universo!», o eso quería pensar en aras de una esperanza de salvación, con proyección hacia el resto del universo; distante, tenebroso, profundo, hasta entonces solitario, que le permitiera estar a salvo y continuar su existencia.

Sorteando toda clase de dificultades, con la mayor celeridad, coordinación, trabajo armónico y hermandad, «¡como nunca en la historia!», al término de una década y media, posterior al surgimiento del *Lutenium*, se construyó y colocó en funcionamiento, a la orden y disposición de un limitado, selecto y preparado número de personas –incluyendo los *Lunatienses* sobrevivientes–, la más formidable flota espacial:

«¡Más de trescientas naves!»

«El mayor logro científico, tecnológico, de inventiva e ingenio, en toda la historia humana».

Tres tipos de naves principales conforman esta gigantesca flota espacial:

Los *Gravitones*, de configuración básica, primeros en su clase, para estudios de funcionamiento; motricidad, velocidad, viabilidad, en utilización del *Lutenium* como base estructural. Nada espectacular en diseño y aerodinámica; «¡muy semejantes al caparazón de una tortuga!», relata Jack, con entusiasmo, a los presentes. Conocedores del mar, niños en su mayoría, que en la playa se reúnen a escuchar sus narrativas. Al principio, se destinaron al transporte de personal y servicios logísticos entre la Tierra y las naves de mayor envergadura.

Después, hacia el espacio profundo, debido a su limitada autonomía, sus maniobras estaban restringidas a los campos gravitacionales circundantes, en la distancia orbital de las naves mayores.

En número superior a las doscientas, están las naves de la clase *Pulsar*; de mayor versatilidad: capacidad de carga, autonomía y velocidad. Desarrolladas para reconocimiento avanzado; investigación y protección de la flota, incluido el combate galáctico contra cualquier flota hostil. Con capacidad autonómica para la vida de un máximo de tres mil personas, puede recorrer, a velocidad de salto estelar, la inverosímil distancia de mil años luz en unos pocos, y alucinantes, femtosegundos.

«La joya de la velocidad en la flota estelar, en la que, los más osados y aventureros, sueñan recorrer el universo»

«¡Van de un lado a otro, en un parpadeo, sin importar la distancia a recorrer!» Refiere Jack.

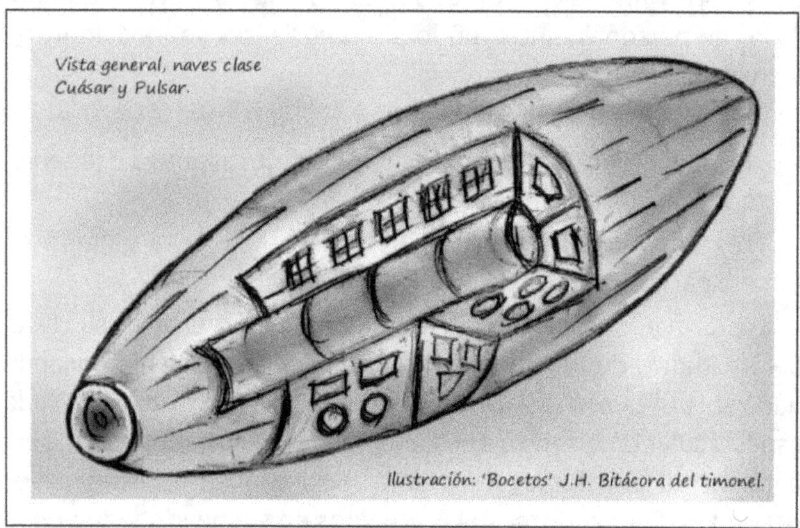

Por último, están los grandes transportes de la clase *Cuásar*, con la misma estructura de las naves *Pulsar*, en un concepto de naves nodrizas; de mucho mayor tamaño –alrededor de cien veces mayor que una nave *Pulsar*–, capacidad de carga y logística.

Concebidas como transporte y resguardo de la biodiversidad terrestre, con dotación de todo sistema y respaldo vital posible. En número de cien, constituyen el albergue para unos quinientos mil seres humanos por nave.

«¡Son las naves insignias, portadoras de la continuidad de la vida terrestre!»

«¡El último bastión de la existencia humana en el universo!»

Su gran tamaño las hace más lentas que las naves *Pulsar* y, en consecuencia, van a su encuentro, hacia el espacio señalado, solo si la misión de avanzada, así lo recomendara. Generalmente, permanecen acopladas entre sí en la vecindad de la Tierra, a distancia de la órbita lunar.

Las naves *Cuásar*, en acoplamiento con las *Pulsar* y *Gravito- nes*, forman la superestructura espacial terrestre *Lunatium- Gravatar*, que; como megaestructura y novedosa arca espacial terrestre, desde la órbita lunar, acompaña a la Tierra en su ineludible proceso de extinción, en precipitación hacia la atracción gravitacional del Sol.

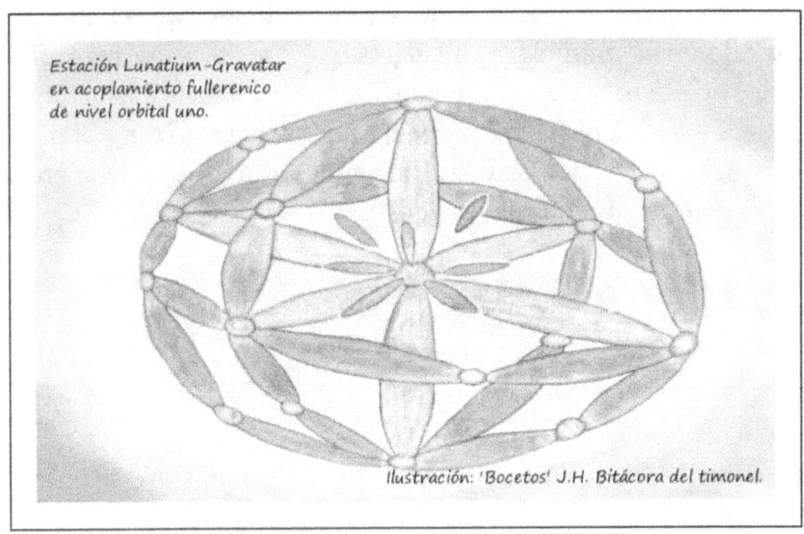

La estación *Lunatium-Gravatar*, es una sofisticada estructura espacial, que, como arca galáctica, contiene la mayor y más significativa biodiversidad genética e información terrestre nunca antes reunida.

Vista desde la distancia y superficie terrestre, es una fortaleza flotante en el espacio sideral, donde se resguardan alrededor de cincuenta millones de almas y buena parte de la biodiversidad sobreviviente, en busca de preservación y continuidad de la vida terrestre, ante el dramático ambiente imperante en la Tierra, tras ser colisionada por la Luna.

«¡Es un arca espacial producto del intelecto, genialidad y preocupación humana por la continuidad de su existencia!»

Esta compleja estructura se forma —en símil de la estructura de cristalización fullerena— por acoplamiento de las naves *Cuásar* y *Pulsar*, mediante los *Gravitones*, en estado de movimiento estacionario relativo.

Una vez acopladas, solo puede moverse, el complejo conjunto, a bajas y rutinarias velocidades orbitales de crucero. Para saltos estelares de gran distancia y velocidades hiperlumínicas, por diferencia del potencial galáctico, entre los espacios reflejado y objetivo, es necesario el desacople de toda la estructura.

Cada nave *Cuásar* y *Pulsar* viaja por separado, con independencia de navegación estelar. Los pequeños *Gravitones* viajan al interior de las grandes naves *Cuásar*.

Capítulo 4

Viaje estelar y la paradoja relativista

«Al principio», refiere Jack, «en la Tierra, mucho tiempo antes del establecimiento de la vida en la Luna, del nacimiento de *Lunatienses* y colonias en las órbitas de Venus, Marte y Júpiter, la discusión sobre viajes a los límites del universo conocido, se centró en la posibilidad operativa de naves con propulsión de velocidad luz».

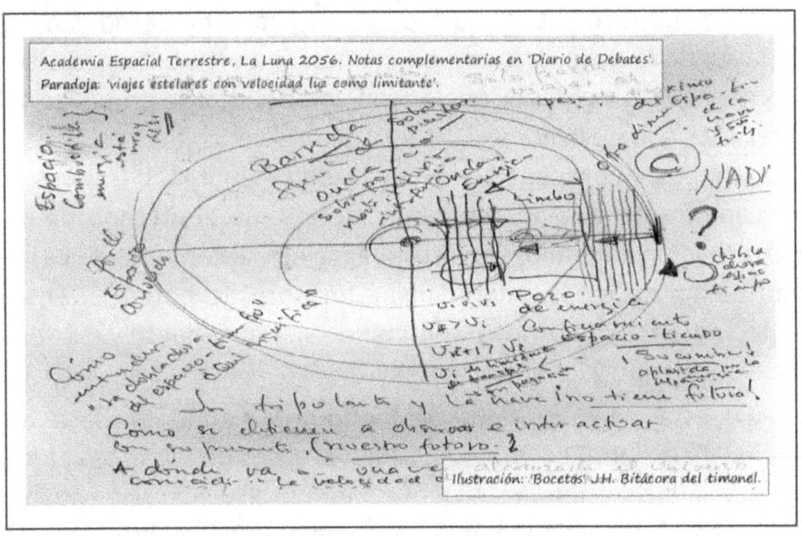

Recuerda que; «el punto controversial en la discusión surgía de uno de los más viejos pioneros», de alta y distinguida trayectoria científica, al expresar su desacuerdo en la posibilidad del viaje estelar hacia los límites del espacio visible con velocidad luz, describiéndolo en términos de:

«¡Un viaje estelar de paradoja relativista!»

A través de su planteamiento, el viejo maestro, «¡de expresión burlona y pícara sonrisa!», como lo recuerda, ante excepcionales o escépticos auditorios, tras afirmar que; «¡su teoría estelar había sido malentendida!», cuenta Jack que, explicaba: «Para el momento presente, –de su tiempo histórico– la posibilidad de un viaje, mediante estructuras macroscópicas, es incierta, ¡no es posible!»

«Las naves existentes, por su gran tamaño, además de especial propulsión, requieren de distancias tan grandes, como los límites del universo conocido, para aceleraciones y desaceleraciones»

«¡Inconmensurables distancias!»

«Durante el recorrido de aceleración, para velocidad y energía de salto cuántico estelar, la propulsión y falta de aerodinámica espacial de la nave, originan en el entorno perturbaciones electromagnéticas y gravitacionales con velocidades de propagación inferiores a la de la luz.» «El frente de onda inicial, de estas perturbaciones, al propagarse con velocidad y energía inferiores al de cada frente de onda posterior, determina el mecanismo de perturbación dominante en la propagación del conjunto.» «La ralentización de estas ondas origina un pozo de potencial en el espacio-tiempo de la nave, confinando su movimiento y existencia a un tiempo y lugar presentes».

«De esta manera», sigue contando Jack, «el punto fuerte en su devaneo científico, era que: La nave, antes de lograr la velocidad de la luz y energía suficiente para el salto cuántico estelar, es alcanzada y confinada en un pozo de energía generado por la reflexión, superposición electromagnética y gravitacional en la perturbación del frente de onda tras de sí» «En esas condiciones; nunca alcanzaría la velocidad ni la energía suficiente y su movimiento siempre estará confinado a un espacio-tiempo de velocidades inferiores a la velocidad luz».

A decir de Jack: «Discusión científica, académica, que; dejada al olvido, por su inaplicabilidad en aquellos tiempos, fue rescatada tras el surgimiento del *Lutenium*, sobreviviendo a la nueva era tecnológica y civilizatoria».

«Fundamentación, respecto a la aerodinámica espacial y sistemas de propulsión, en el diseño y construcción de naves de gran tamaño, para viajes de salto estelar a velocidades, varias veces, superior a la velocidad de la luz» «Excepcional aporte, sin el que; las fantásticas naves de clase *Quásar* y *Pulsar*, no lograrían ir de un extremo al otro del espacio» «¡Hacia regiones y distancias del universo jamás imaginadas!, en cuestión de alucinantes femtosegundos», refiere Jack.

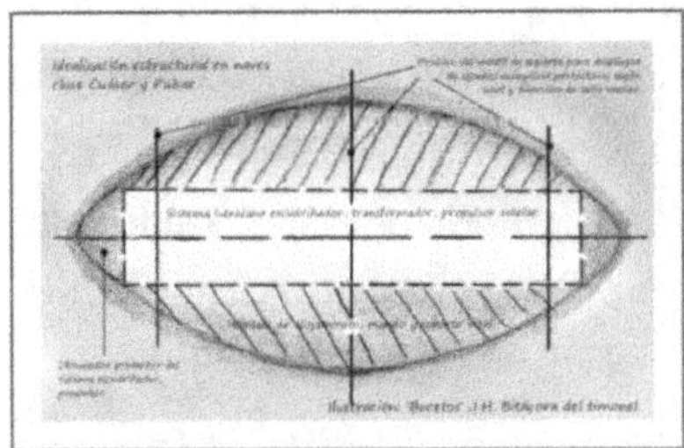

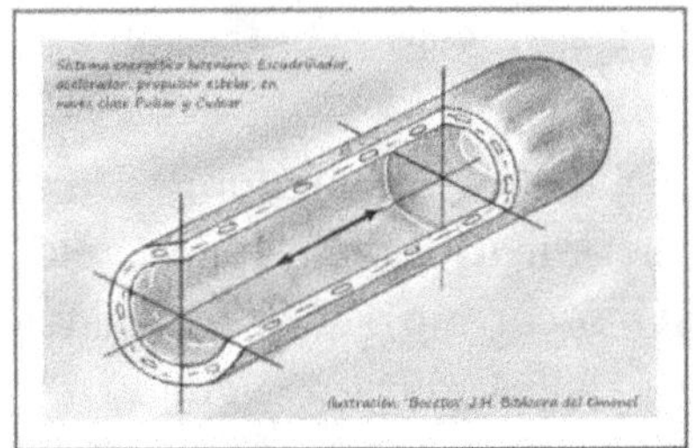

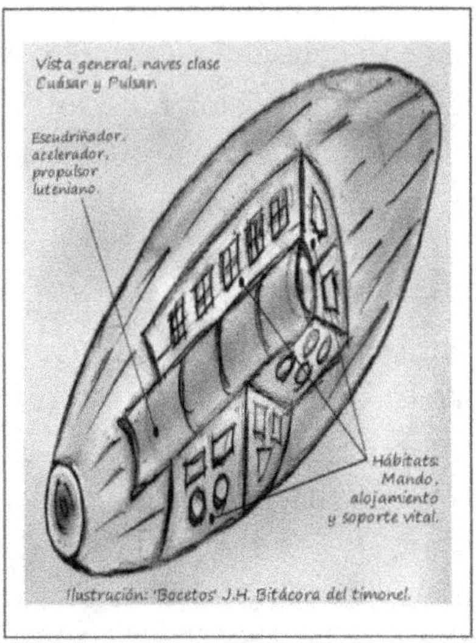

Clasificadas como; elementos tecnológicos de avanzada. «De memoria metabólica y genética galáctica desconocida», las naves *Cuásar* y *Pulsar*, al detectar, mediante su sistema escudriñador central, cualquier alteración de la energía en el espacio circundante, o extrañeza en la energía galáctica del universo distante, activan un proceso de auscultamiento, transformador fotosintético, de alta complejidad. Calculan y fijan una trayectoria traslacional hasta la fuente de la rareza energética, estableciendo la métrica espacio-tiempo más corta posible; fuerza impulsora, energía, velocidad y aceleración de salto estelar. En simultáneo, despliegan los escudos, en reconfiguración de su estructura externa, por teselado de capas superficiales de muy alta resistencia, para protección de la nave y sus ocupantes de los elevadísimos niveles energéticos a los que será sometida según la métrica espacio-temporal del salto.

El problema aerodinámico se dio por resuelto, construyendo las naves *Cuásar* y *Pulsar* de forma elipsoidal. Con capacidad estructural de configuración de escudos protectores según el nivel de salto, en aprovechamiento de las propiedades reactivas del *Lutenium*. Cada nave *Cuásar* y *Pulsar*, con independencia de maniobra y autoconfiguración, al detectar alguna traza de variación en la energía cósmica distante —según el umbral de la rareza cósmica—, reconfigura la superficie por teselado y energización de los cristales de *Lutenium* que la componen, creando a su alrededor, poderosos escudos protectores para el salto estelar.

Según la propulsión y métrica; distancia-tiempo-energía, del salto, en torno a las naves *Cuásar* y *Pulsar*, se autoconfiguran tres niveles de escudos protectores:

En saltos de nivel uno, se despliega el escudo menor desde el foco de proa, para distancias y requerimientos menores de velocidad. El nivel dos, para velocidades y recorrido de cien a mil años luz, se despliegan simultáneamente el primero y segundo escudo.

Para saltos de distancias superiores a los mil años luz, de nivel tres, se despliegan, los tres escudos. En este nivel de salto es posible que cada nave de la clase *Pulsar* llegue a recorrer mil años luz en escasos femtosegundos.

Así, cada nivel propulsor activa un escudo protector encapsulando a la nave para que, sin la menor complejidad, pueda surcar el universo. En los dos primeros niveles, los escudos tienen forma elipsoidal y siguen la estructura longitudinal de la nave, mientras que; para el nivel tres, con centro en el foco de popa, el escudo tiene forma esférica, envolviéndola por completo y convirtiéndola en un bólido estelar de estructura perfecta.

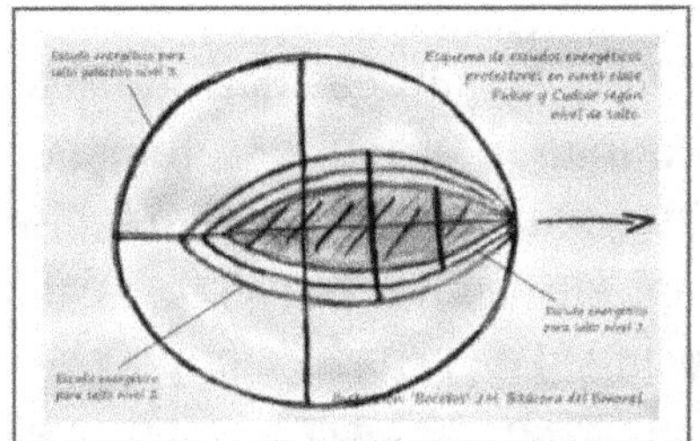

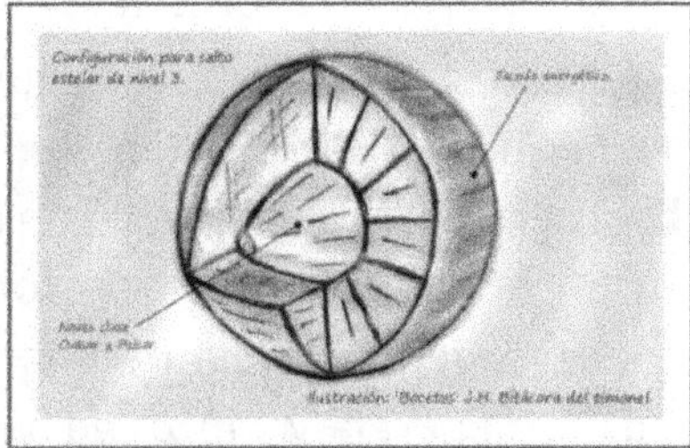

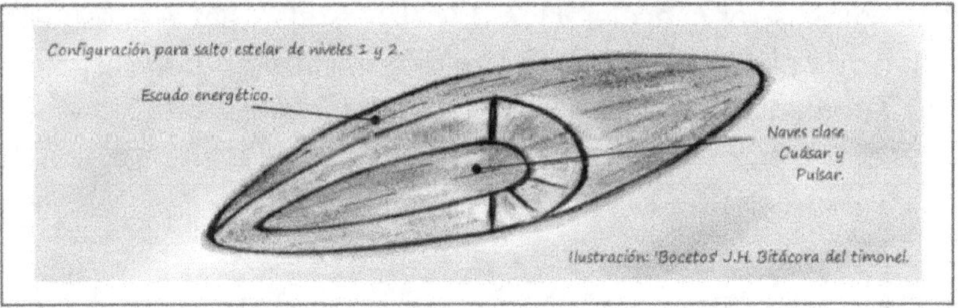

La cuestión propulsora fue resuelta, en uso del complejo proceso metabólico, fotosintético y catalizador de energías de rareza cósmica: ionizadas y autocargas, las naves, *Cuásar* y *Pulsar*, son repelidas e impulsadas a velocidades hiperlumínicas, a través de un efecto túnel de campos unificados, por diferencia del potencial galáctico entre un espacio reflejado, a su popa, y un espacio objetivo, origen de la fluctuación energética, de rareza galáctica, a la distancia infinita donde se quiere ir.

Construidas a partir del *Lutenium*, estas naves, como respuesta genética a los cambios de energía cósmica, tienen la propiedad autonómica de orientarse a sí mismas. Estableciendo el curso hacia la fuente de rareza energética, según la métrica de distancia y tiempo más corta, por corrección de efectos gravitacionales en la curvatura espacio-temporal de la trayectoria, con normalización de las funciones de fuerza y potencial luteniano propulsor que; al acumular y suministrar la energía necesaria y suficiente, establecerá el momento óptimo de salto estelar, tras la ionización y energización máxima de la nave. Actuando como partícula mediadora en traslado por una diferencia de potencial entre dos niveles energéticos.

En este proceso, de configuración por autoevaluación de la rareza energética, el sistema escudriñador, propulsor luteniano, absorbe energía galáctica de un determinado espacio fuente, distante. Energía que se transforma, traslada y proyecta, a un espacio espejo o reflejado en la vecindad de la nave, a popa, acumulando energía y fuerza galáctica de efecto inverso repulsivo, para suministrar la aceleración de salto estelar, entre el espacio reflejado y el espacio objetivo, por diferencia del potencial galáctico. Fundamentalmente, de efecto gravitacional.

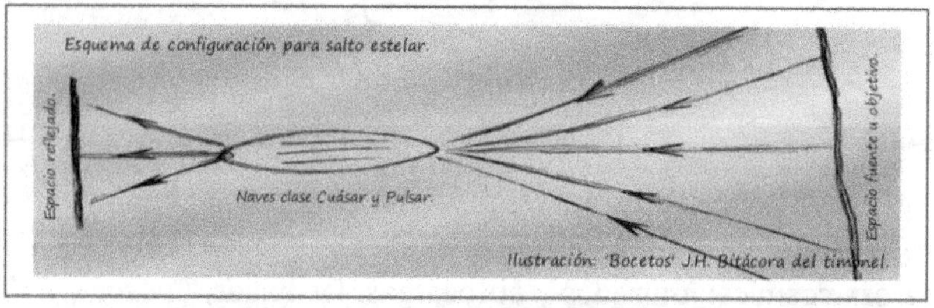

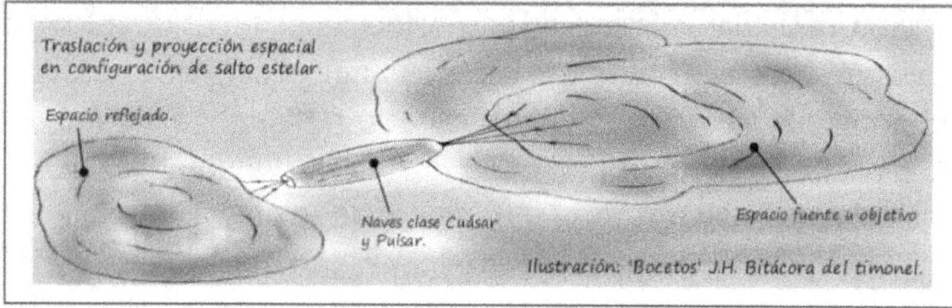

En el proceso de canalización de fuerza impulsora, generadora de energía luteniana para salto, desde la vecindad y tiempo presente de la nave, por diferencia del potencial galáctico, se crea un canal de transporte estelar entre el espacio reflejo y el espacio objetivo.

Este túnel de transporte interestelar, adquiere su óptimo nivel, al alcanzar un máximo de potencial y fuerza, energizante de la nave, en el espacio reflejo, en relación con el mínimo nivel en el espacio objetivo, a la distancia infinita.

La generación de esta diferencia de potencial galáctico, respecto al espacio real objetivo, suministra, a la nave, el impulso energético de salto, como símil de la descarga eléctrica por diferencia de acumulación de cargas, entre el espacio reflejo y el espacio objetivo, a los extremos del túnel de transporte.

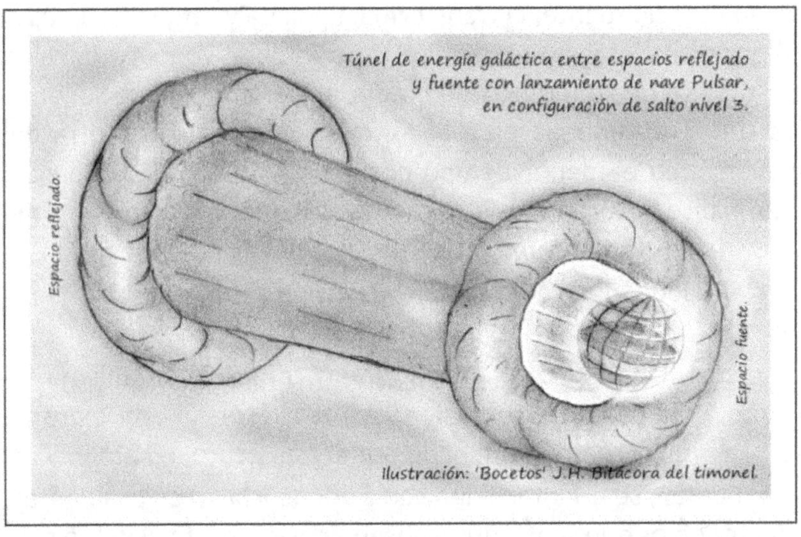

Ilustración: 'Bocetos' J.H. Bitácora del timonel.

«Es como un tobogán energético, donde el espacio reflejado, próximo a la nave, tiene mayor potencial repulsivo, que el espacio objetivo, a distancia infinita y potencial cero, impulsando a la nave en un salto estelar entre diferentes posiciones, espacio-tiempo, del universo».

«Con esta premisa de transporte energético, por diferencia del potencial galáctico, se resolvió la cuestión propulsora, ¡así de simple!», dice Jack, con ironía, ante la mirada atónita, incrédula, en los presentes de mayor conocimiento.

Para los niños a su alrededor; «era la más fantástica de las historias, ¡jamás oída!, sobre el mundo, más allá de los límites entre la calle y el horizonte marino».

«La nave, con vida propia...», sigue diciendo, mientras les señala el viejo telescopio, improvisadamente colocado a un lado de la calle, a orillas del mar, desde donde; ahora pueden mirar, a simple vista, el fastuoso regreso del cometa Halley, un siglo después de su última visita, ¡veinticinco años más tarde de lo previsto!, «como un gigantesco telescopio, absorbe energía de origen distante, imperceptible para el ser humano, desde el llamado espacio fuente, la transforma, traslada y refleja a su popa, creando una imagen, reflejo, del espacio objetivo» «Autoevalúa y establece una diferencia de potencial energético, que suministra suficiente energía para el salto de una posición a otra del universo, en el menor tiempo posible.» «¡Menos de un parpadeo!», dice Jack con absoluto asombro al referirse al inverosímil, y por demás fantástico, tiempo de unos pocos femtosegundos.

«¡Sin duda; nada comparable al tiempo de un parpadeo en la tierra!»

«Estas naves, *Cuásar* y *Pulsar*, son como un organismo viviente, conocedor del espacio distante», expresa con extrema sorpresa en el rostro, iluminado por el claroscuro del amanecer.

«¡Captan, se orientan e indican a dónde ir!» «¡Los tripulantes, solo tenemos que sentarnos a observar el inicio y final del salto!»

«¡El viaje, a través del túnel energético, para nuestra capacidad visual, sensorial, es imperceptible!» «¡Solo la nave, en su memoria genética, conoce, y guarda, lo que durante ese espacio-tiempo ocurre!» «¡Es la magia de un universo desconocido, que, en medio de la tragedia, parece abrirse para mostrarnos sus misteriosos y bien guardados secretos!» Termina expresado Jack de manera efusiva.

Capítulo 5

Universo sin barreras fronterizas

Resuelta la paradoja, del viaje a velocidad luz, mediante tecnología luteniana, apresurada por encontrar un lugar para la continuidad de la vida, la especie humana emprendió la más fantástica aventura hacia el frente de expansión del universo.

«Cada vez más distante, hacia la profundidad del espacio y los silentes horizontes estelares; ¡donde solo encontraba indicios de mundos muertos o por fenecer!»

«¡Mundos extintos, hacía cientos, miles, de miles de millones de años luz, de los que hasta entonces; no se tenía información alguna!», refiere Jack con extrema pesadumbre.

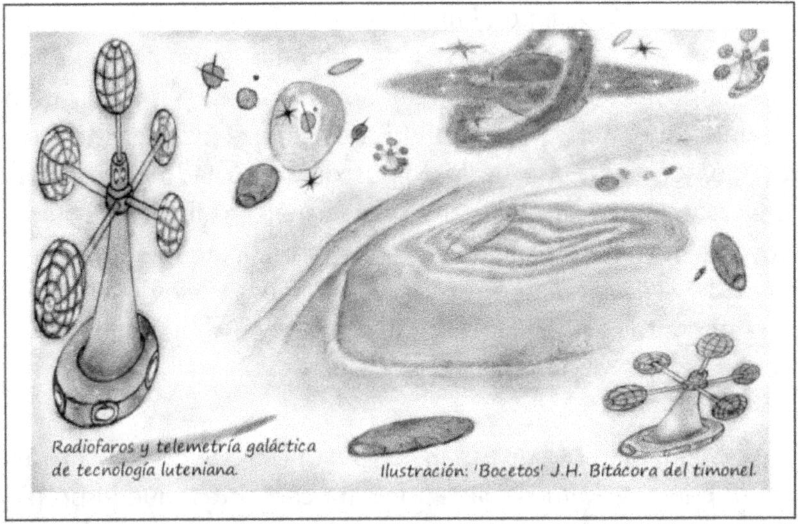

Radiofaros y telemetría galáctica de tecnología luteniana

Ilustración: 'Bocetos' J.H. Bitácora del timonel.

En esta incansable e intempestiva búsqueda hacia aquella inmensidad, se avanzó en dirección del espacio distante, profundo y silente, demarcando, la existencia humana, mediante estaciones de radiofaros y telemetría galáctica, de tecnología luteniana.

Se establecieron balizajes en señalización de rutas, puntos de referencia inerciales asociados a la dinámica del universo, como referentes estelares de la vida terrestre, por dónde se había estado y hacia dónde no se debía volver.

«¡Toda una superestructura de señalización estelar!, referencial, indicadora de caminos, para ida y vuelta».

En poco tiempo, tras recorrer buena parte de los primeros cien mil kilómetros de años luz del espacio circundante, en cualquier dirección radial, desde la Tierra, en ninguna región, del espacio visitado, se encontró vida o planeta habitable.

«¡Todo, absolutamente todo, está muerto, sin vida!» Insiste Jack en su nostálgico y desesperanzador relato.

Mil veces más distante de estos cien mil kilómetros, en la profundidad de las tinieblas y el silencio de lo no observable: «¡Solo hay calma, espeluznante, impenetrable a la luz, a las palabras, a los sentidos, a la razón y existencia humana!» «¡Absorbedora de vida; imposible para la continuidad terrestre!» Puntualiza, en desalentadora narrativa, mirando con agudeza los inocentes y vivos ojos de cada uno de los niños que a su lado disfrutan la conversa, sueñan e idealizan con tan inalcanzables aventuras. Esos que durante toda la noche le llamaron, a la espera del amanecer del siglo. El día de retorno del cometa Halley a los cielos terrestres, tras veinticinco años de retraso en su periodo orbital regular.

«Al viajar al frente de expansión del universo, con velocidades hiperlumínicas, fuimos más aprisa, mucho antes, que el propio avance del espacio y su existencia, observando que; ¡ya buena parte está muerta, y lo vivo, al llegar allí; está destinado a morir!»

En aquella fría y dispersa vastedad; «¿dónde estaba la vida?» «¿Quedaba algo de ella en esos tenebrosos espacios?» Pregunta Jack, de pie ante los presentes, en extraño y sorpresivo intento de recital poético, teatral; de brazos extendidos, en señalización referencial de la lejanía y extensión del horizonte, al tiempo que expresa:

«Allá afuera, en esos lejanos y profundos rincones, ¡no hemos encontrado señal de vida alguna!»

«En esos indescriptibles parajes; ¡no hemos encontrado un lugar habitable!, ¡una oportunidad para la vida terrestre!» «Toda señal, recibida en la Tierra, solo trae información de antiguos, ya extintos, restos de mundos muertos hace miles de millones de años luz, como partes del universo, en el que la Tierra y la vida en ella, parecen ser el último refugio».

«Tengo que decirles, con mucha pena, sinceridad, tristeza, que; durante todo este tiempo en el espacio, más allá de las fronteras terrestres, ¡no hemos encontrado vida!, observable, palpable». Termina diciendo, mientras vuelve a sentarse, a la orilla del mar, entre quienes lo habían escuchado por horas, con exaltante fascinación, y después de tal confesión, no podían más que mirarlo con absoluto asombro, estupefactos. Con clara y evidente desesperanza en rostros y ojos al borde del llanto.

Como en ningún otro momento, desde su narrativa en aquel amanecer, rodeado de niños, a la espera y observación del retorno del cometa Halley a la órbita terrestre, cien años exactos, después de su pasaje durante el siglo XX, Jack Halley; el más experto y viejo navegante de la flota estelar terrestre, contó que: «En la inigualable búsqueda humana, en las naves *Pulsar* y en el menor tiempo posible, hacia mundos distantes e inefables rincones, al frente de expansión del universo, solo se han encontrado sistemas con mundos sin vida, muertos o en vías de extinción.» «Lo notable, en cualquier dirección radial respecto a la Tierra, ¡es la decrepitud y muerte del espacio al que se arribara!».

Según sus palabras, «¡en aquella vastedad, parece no existir un lugar para la continuidad de la vida terrestre!»

«¡El único rincón donde existe y es posible la vida, es este, nuestro planeta Tierra!» «Allá afuera, ¡no hay nada comparable, con viabilidad para la continuidad de nuestra existencia!»

«¡No lo hay!»

Al final, en sorprendente y desalentador relato desde la playa, Jack Halley; viajero del tiempo y el espacio, durante la espera y contemplación del amanecer del siglo, rodeado de parte de las últimas cinco generaciones del siglo XXI, al narrar su travesía hacia el frente de expansión del universo, ¡más lejos de lo imaginado, o teorizado, alguna vez en la historia humana!, con absoluta certeza y evidente consternación expresa; «¡no haber encontró vida, nada, ni un lugar donde reinstalar y continuar la existencia terrestre!»

«¡Solo es un vasto espacio cósmico, de absoluto y ensordecedor silencio, tenebroso, ajeno al ser humano y su forma de vida, donde somos una creación única, la más exótica y rara de las especies!» «¡Como la más exótica estrella en extinción!», expresa con profunda e inocultable aflicción.

«¡Un espacio vacío de vida!; con límites fronterizos idealizados por la ciencia y sus representantes, sin nadie que los cuestionara» «¡De prosperidad definida por los hacedores de sueños, desde la imaginación, inocencia y alegría de niños como ustedes, que, despreocupados, escuchan y viven cualquier aventura de esperanza y salvación!» Dijo.

«¡Olvídenlo, miremos y hablemos de Halley, nuestro cometa visitante!».

Capítulo 6

Espacio de los mil soles, estructura del universo

Devastado, al interior de aquel desconocido espacio de oscurana impenetrable, a la luz y los sentidos, Jack dijo haber visto, con absoluta claridad interior, «¡el desvanecimiento de toda esperanza para la continuidad de la vida terrestre!».

En desorientación absoluta por tan vasta soledad, en la que parecía ser el único sobreviviente, dijo; «solo pensar en el largo camino de retorno, sin respuesta alentadora para los que, en la Tierra, aguardaban por las buenas nuevas de su regreso».

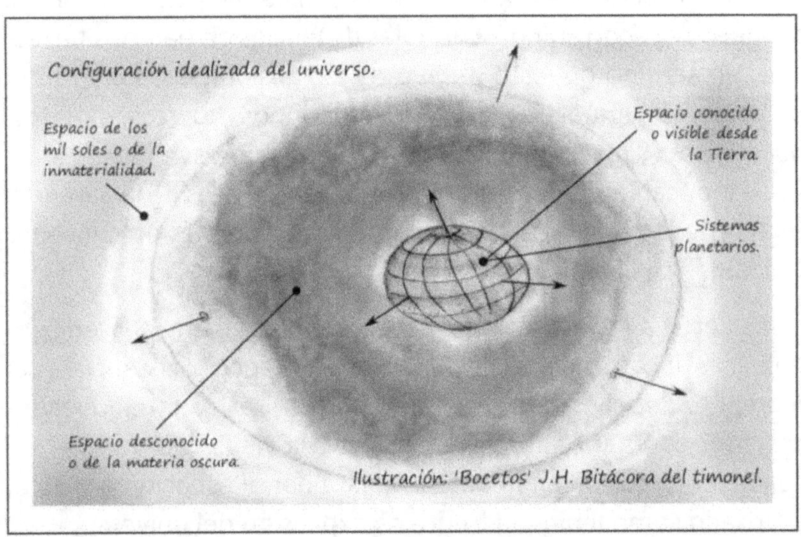

Hasta esos límites, en la concepción estructural del espacio exterior visible, imaginado y desconocido, no observable, el ser humano había llegado en cuestión de parpadeos estelares, mediante la más fantástica y formidable avanzada tecnológica, en busca de salvación, de continuidad de la vida, amenazada al precipitarse la Tierra hacia la atracción gravitacional solar, después de ser colisionada por la Luna. Destruida, hacía ya un cuarto de siglo terrestre, desde la ambición y mezquindad humana. «Allí, en ese distante, oscuro e impenetrable lugar, ¡no se ve nada!, ninguna posibilidad para la continuidad de la vida que conocemos», relata.

«Desde ese frío y lúgubre paraje, la Tierra parecía ser el único y último rincón de vida en el espacio del universo visible.» «Desde donde toda la creación, muerta o por extinguirse, se extiende radialmente hacia la nada», «se extiende hacia un impenetrable y tenebroso espacio no visible, el espacio de la llamada materia oscura, alejándose cada vez más de la vida terrestre».

«Un universo en expansión, cuyas señales llegadas a la Tierra, después de recorrer indescriptibles distancias en tiempos terrestres, en sentido opuesto al flujo de expansión de las líneas del universo, solo muestran vestigios de mundos muertos, extintos, hace cientos, miles, millones de años luz, regresándonos, práctica e inevitablemente, a los fundamentos teóricos de la paradoja relativista, en la que; el tiempo de vida terrestre es un concepto fundamental lineal e invariante».

Así insistía Jack en contar recuerdos; fundamentos y reflexiones científicas, vivenciales, sobre el trance existencial del momento decisivo para regresar o no a la Tierra, ante aquel devastador escenario, por falta de vida y la viabilidad de esta, en cualquier dirección en la que se viajara por el espacio no visible, teorizado como límite, al frente de expansión del universo.

«Por más que pueda ir y venir, con velocidades superiores a la velocidad luz, ¡a la especie humana, parece no estarle permitido un lugar diferente del universo, fuera de este espacio-tiempo en el que ha sido confinada!»

«A pesar de nuestra avanzada tecnológica, ¡es una prisión de puertas abiertas, al espacio-tiempo, de la que no se puede escapar!, aun llegando a tan inconmensurables distancias desde la Tierra.»

«Todo, lo aparentemente conocido, visible a nuestro alrededor, hasta los límites exteriores de este espacio de oscuridad, muestra una correspondencia de origen en mundos muertos o por fenecer». «Donde la vida no existe, y; de haber existido, ¡ya no está!, ¡ya no es posible!» «¡Nada de vida!, ningún lugar habitable para la continuidad terrestre», expresa Jack con evidente, absoluta y muy profunda pesadumbre.

En trazos recordatorios, de aquel antiguo y desgarrador momento, como uno de los pocos pioneros espaciales, navegante estelar, de reconocida trayectoria, que decía ser sobreviviente a más de un siglo de existencia.

«¿En qué otra parte buscar la salvación humana?», pregunta con sorpresiva enajenación y evidente pérdida de mando en su elocuencia discursiva.

La afectación física, sentimental, emocional, puesta de manifiesto en su relato, durante aquel amanecer de finales del siglo veintiuno, era indicativo de un efecto desorientador, desesperanzador, que, sobre las tripulaciones de las naves *Pulsar* de exploración avanzada, ocasionaba la impenetrable oscuridad de aquel inexplorado y no visible mundo. Mostraba que; «inmersos en aquel desconocido ambiente, no podían ni siquiera pensar volver a casa, a través de tan inconmensurable distancia, sin respuesta plausible, sin la esperanza de un espacio habitable para la continuidad de la vida». Y sigue relatando parte de aquella visión introspectiva del momento en tan apartado y desolador lugar: «Después de tanto esfuerzo y sacrificio; ¿qué decirles a los que en la Tierra aguardaban por salvación?» «¿Creerán en lo que se les diga sobre la nada encontrada en cualquier dirección y distancia imaginada alrededor de la Tierra?» ...

En esa devastadora incertidumbre, por un instante, dijo solo reflexionar en el camino más corto, más simple; «¡no querer volver a casa!», callando inusual y repentinamente, a la vez que busca armonía en la distancia, al horizonte del cielo terrestre, en contemplación silenciosa del viejo Halley, ya algo difuso por la presencia de los primeros rayos en el avanzado amanecer.

Tras un buen rato de contemplación silente, en intempestivo despertar de un sueño distante, profundo, sobresaltado, con mucha dificultad para respirar, deja la onírica meditación, al tiempo que expresa recordar que; «¡en ese momento de entrega al desaliento, la nave captó una señal, difusa, lejana, mucho más distante que los miles, de miles de millones de años luz recorridos desde la Tierra hasta el interior del espacio no visible!»

«¡Estaba captando algo...!», contrario al desaliento expresado previamente, dice con emotiva y sorprendente satisfacción; «en dirección del frente de expansión del universo, a mucha más distancia de dónde habíamos teorizado, era el límite de la existencia, hacia el borde exterior del espacio oscuro; ¡una débil y, por demás, rara señal de variación energética!, para sorpresa de la tripulación, muy por debajo del umbral y horizonte estelar al que nos tenía acostumbrado el patrón de escudriñamiento, respuesta fotosintética y autoconfiguración de la nave»

«¡Nunca, en ningún momento, nada parecido!» ...

«Ante aquella alarmante situación, de extrema y enigmática notoriedad –por lo débil e inusual del patrón energético en la señal–, en menos de lo que tarda un rayo en impactar la superficie terrestre tras su descarga de gran altura, la métrica y configuración energética de la nave para salto estelar inmediato, mostró una indescriptible distancia por recorrer; que necesariamente, requeriría del empleo de una fuerza generadora de un potencial energético tan grande, de mayor acumulación simultánea, que todos los utilizados para llegar a esta posición del universo presente...» explica. «¡Cómo nunca se había tenido una experiencia de este tipo y nivel energético, en esta ni en ninguna otra nave de la clase *Quásar* o *Pulsar*!» «Pensamos; ¡era, sin duda, un camino, un destino sin retorno, al que aquel fortificado y, en ese instante, maligno artefacto, la nave, de diseño y concepción humana, de avanzada tecnológica y embrujo científico, nos estaba llevando!»

«¿Qué pretendía mostrarnos, más allá de esta impenetrable y desconocida oscurana?» «¡Fuera y mucho más distante de este tenebroso espacio universal, a través del cual; ni los suspiros son imperceptibles!»

«¿Hacia dónde nos conducía?, con tanto empeño, en contra de nuestro pensar y voluntad, esta fortaleza galáctica, creada por el conocimiento, imperfección y codicia humana, desde la destrucción de la Luna, en apresurado andar en búsqueda de continuidad y salvación, ante la inevitable extinción de la Tierra y toda la vida que en ella habita»

«Desde su memoria genética, ¿qué sabía, o reconocía, la nave de esa profundidad espacial, a tal distancia de la Tierra?»

«¿Cómo llegaría la gente, que aún permanecía en la Tierra, hasta ese lugar posible?»

«¿Solo para nosotros?, los selectos tripulantes de esta nave, está reservada la continuidad de vida terrestre en estas profundidades y lejanías espaciales».

Aún, con extrema sorpresa, en el rostro y la voz, cuenta Jack que; «tras escasos minutos terrestres a través del túnel energético, ya en el espacio de origen de la incipiente señal de rareza cósmica, que indujo el salto interestelar, la nave y su tripulación, se desvanecieron.» «¡Trascendiendo a un estado inmaterial de la existencia corpórea!».

«¡Era un espacio de iluminación absoluta!, de luz brillante, extremadamente fuerte, límpida, cegadora, pero; a la vez abrazadora, de quietud y comportamiento acogedor, claramente opuesto al impenetrable espacio de la materia oscura y en apariencia; aislado, oculto más allá de este, hacia su lado exterior.» «Un espacio componente del universo jamás idealizado, donde al arribar como tripulación de aquella nave *Pulsar*; perdimos la noción conceptual, práctica, de sentidos y sentimientos».

«Perdimos toda imperfección y capacidad humana de sentir: ¡ver, oler, oír, saborear, tocar, hablar!» ...

A la deriva, sin orientación ni control direccional, al interior de aquel lugar de extrema luminosidad y placidez, la vida terrestre, en la tripulación representada, vagó a través de un inconmensurable océano cósmico, de sorprendentes y muy diversas formas de energía, con las que no le era posible relacionarse, ni comunicarse: «¡Nada, de lo existente, tenía forma definida, ni medio de interacción!»

«¡Todo, absolutamente todo, es representado por trazos energéticos, disímiles unos de otros!»

«Es un océano galáctico; de energías absolutas, puras, simples, donde todo lo existente es caracterizado, codificado y cuantificado, como un nivel energético único e inequívoco» ...

Así, en aquel amanecer, entre niños, seguidores de sus narrativas, a orillas del mar, observando el retorno del más conocido de los cometas que visitan el cielo terrestre, siguió contando sobre la última y más fantástica campaña estelar, jamás vivida por ser humano de nuestro tiempo e historia, repetidamente señalando, por momentos, que; «¡solo había, en ese lugar, una multiplicidad de energías exóticas..., de torrente fluir y convergencia; hacia ningún lado específico!» Que, como él, «podían representar; formas de vida en lugares lejanos, diversos, en la vastedad de aquel inédito e insólito espacio.»

Tras reiterados momentos de silencio, en contemplación y señalamiento del horizonte terrestre, hacia donde el Halley había hecho presencia esa madrugada, con veinticinco años de retraso en su orbital, respecto al sol, expuso que: «Al encontrarse, en ese desconocido, luminiscente y sosegado paraje, del que, en la Tierra, no se había teorizado nunca, se sintió sumergido en la misma incertidumbre, desesperanza, experimentada al interior del espacio oscuro, desde donde, en intempestiva irrupción, fueron extraídos y trasladados por su enigmática nave espacial».

«¿Hacia dónde ir o mirar desde una tierra llena de codicia?»

«¡Tierra, donde todos buscan y pretenden el poder para sí!», cuya ambición y maldad lo habían traído hasta más lejos de la propia existencia humana, transformándolo en una especie inmaterial; de energía absoluta, pura, incorruptible. Sin masa ni presencia física tangible, palpable, observable a la vista humana, corpórea y materialmente imperfecta. Propio de un cuento de magos, donde ni el palparse y pensarse a sí mismo era posible.

«¿Era este estado de existencia la manifestación de la conciencia, definición y expresión energética del alma?»

«¡Cuántas!, ¡a quiénes pertenecían!, ¡de dónde surgía aquel fluir incorruptible de almas, de conciencias!» ...

Con evidente pesadumbre, dijo no entender ni tener explicación científica valedera sobre el momento vivido, pero:

«¡Sabía que estaba presente, como una de las incuantificables formas de energía que allí existían!» ...

A partir de su llegada, a este océano de pasividad y claridez luminosa, en la muy distante profundidad del cosmos, para la especie humana, en hombros de estos navegantes del siglo veintiuno, a bordo de avanzadas e ilusorias naves estelares de la clase *Pulsar*, quedó establecida una estructura formal del universo. Donde, en sentido práctico, científico, tecnológico, existencial, la percepción y definición de la dimensión espacio-tiempo no tiene sentido, ni relevancia alguna, al trascender a una existencia inmaterial. De energía pura, exótica, de rareza y multiplicidad cósmica, desde donde cualquier forma de vida —

decodificado el mecanismo de funcionamiento de tal espacio universal– podía adquirir el poder absoluto con el cual hacer y deshacer los cimientos de la creación. Ir y venir, como un ser omnipotente.

El secreto de la existencia, por ahora solo expuesto a los presentes, ¡tripulantes de esta aventura narrativa!, para que; desde este silente, energéticamente poderoso e inconmensurable punto, observen la grandeza; ¡la infinitud del universo!

Ilustración: 'Bocetos' J.H. Bitácora del timonel.

Extraño y, hasta ahora, inédito espacio, de inmaterialidad corpórea, que podía ser concebido como el paraíso; principio y origen del universo. «¡El lugar y momento de la concepción cósmica, más buscado e idealizado!»

Escurridizo por milenios. Inadecuado al momento de la biodiversidad terrestre en vías de extinción. Particularmente, para la especie humana, no es funcional, ni apropiado a su existencia y debilidad mundana. Ajena a todo sentido de pureza y quietud que en este lugar emana, se percibe.

«Mundo de almas perdidas, muertas, o de los que, en la Tierra su proximidad orbital, esperan por salvación».

El no saber ni entender la razón y origen de aquella existencia incorpórea, inmaterial, le daba a esta concepción del universo una perspectiva insólita y tenebrosamente poderosa, fatídica, de extremo cuidado y peligrosidad. «Definitivamente; no era el mejor sitio para los habitantes de la Tierra», expresa con extrema autoridad y certeza.

Cuenta que: Ante la contemplación y aletargamiento existencial, que los invadía y enajenaba, sin aviso instrumental, la nave, repentina e intempestivamente sacudida, fue succionada desde aquel asombroso mundo. «Una poderosísima fuerza cósmica, en irrupción del espacio-tiempo y acción secuencial, a través de cada uno de los espacios reflejos previos, abandonando de súbito aquel lugar, como impulsada o expulsada —¡por el desencanto y el terror de quedar atrapados para siempre!—, de tan irracional e inverosímil espacio» «¡..., veintiuno, trece, ocho, cinco, tres, dos, uno, otro más!», fueron los saltos, de impulso estelar gravitacional inverso repulsivo, realizados por la nave para regresar, como bólido estelar, hasta el punto primigenio. Al origen de tan fantástica aventura, al lado y compañía de la Tierra.

«¡Como un único viaje, en sentido inverso del tiempo y el espacio recorrido, desde un futuro distante, años luz, hasta el presente!». En la proximidad de los cielos y órbita terrestre, referencia inicial de partida de la más grande y significativa exploración emprendida por la especie humana en la búsqueda de un mundo habitable donde continuar la existencia.

«¡Desde allá, en la profundidad del distante y silencioso universo, hasta aquí, al lado de la Tierra y su destino, camino a la extinción!», juntos, y en configuración de la formidable estación espacial *Lunatium-Gravatar*, siguiendo el inevitable y trágico destino de nuestro planeta Tierra.

Al observar su posición presente, «¡como si nada!», de un solo y nunca antes experimentado salto estelar, con velocidad y distancia recorrida como en ningún otro; «¡la tripulación estaba perpleja!, ¡de helades cósmica y silencio sepulcral!, ni gesto o palabra que articular» En los sistemas de navegación neuronal de la nave no hubo registro de esta experiencia, del momento en tan extraño e idílico lugar. Inexplicablemente; la nave, para ese evento, pareció no guardar registro genético alguno, al igual que la tripulación –¡humanos de almas temerosas! –, parecía no querer recordar tan desconcertante, ¿aterradora vivencia? Nadie se atrevió a comentar sobre esta singular e insólita experiencia, menos buscar explicación del inusual abandono, con tan extrema celeridad, efectuado por la nave.

Ilustración: 'Bocetos' J.H. Bitácora del timonel.

Por un tiempo, fueron solo versiones de leyendas espaciales, hasta que, se hizo cotidiano en cada nave de clase *Pulsar*.

Después, tras de reiteradas, y cada vez más frecuentes, recurrencias, sin comentario ni valoración científica, técnica, como referencia obligada, en las cartas de navegación estelar terrestre, sería bautizado y reseñado, legendariamente, como:

«¡El espacio de los mil soles!».

Capítulo 7

Humanos; ¿especie única en el universo?

Por milenios, en la evolución terrestre, el humano, de constitución genética y sentimientos que lo conceptualizan y describen como una especie excepcional, entre las que habitan el planeta, se ha preguntado:

«Si es la más privilegiada forma de vida en el universo».

«En la vastedad cósmica; ¿existen otras formas de vida?»

«¿Por qué se ocultarían del humano y su vida terrestre?»

«El humano, ¿es un depredador, condenado y confinado, a este espacio-tiempo terrestre, por esa comunidad estelar?» ...

Ilustración: 'Bocetos' J.H. Bitácora del timonel.

Hacia la última década del siglo XXI; recorridos miles de millones de a años luz en las mejores, de mayor avanzada tecnológica y veloces naves espaciales, camino a la extinción por irracional y depredadora acción humana, aún seguimos preguntándonos, buscando indicativos de la existencia de vida extraterrestre:

«¿Dónde habita?», «¿en qué dirección está?»

«¿Por qué no viene en nuestro auxilio?» «¿Saben de nuestra existencia y nos tienen miedo?» «¡Es el hábitat terrestre, el único espacio del universo estructurado, viable para la vida!» «El humano; a pesar de su intelecto, capacidad de raciocinio y conciencia existencial, ¿es un predador aislado por temor a su poder destructivo?» … Dijo divagar Jack, durante aquel momento de estado inmaterial, al interior del plácido y envolvente espacio de los mil soles, en el que; a pesar de su incorpórea y solitaria existencia, pareció ser un humano de poder jamás conocido. «De mucha más capacidad, alienante, ambivalente, destructiva-creativa, que la de los ejecutivos, cuya ambición los condujo a ese lugar, de existencia y dimensión espacio-tiempo, desconocidas».

Fue su ambición, su codicia, por convertir en una mercancía la salud, la educación, la alimentación, la vida, la sociedad y el planeta entero. Donde prevalecieran las prácticas y acciones tecnocráticas y economicistas, a través de un mundo caótico, desconocimiento de fronteras geográficas, institucionalidad, legislación, hasta los propios límites de la frágil existencia humana.

Desde lo socio-científico, tecnológico, económico, político, el fracaso en la búsqueda de una solución colectiva, plausible, contra la afectación global por covid-19, que afectó al planeta, obligando al confinamiento de toda la sociedad desde dos mil veinte, al inicio de la tercera década del siglo XXI, cambió los preceptos vigentes de la convivencia terrestre:

«Primero, nos llevaron a la guerra planetaria, luego; a la conquista y destrucción de la Luna, su colisión con la Tierra…»

«Más tarde, relegados a un segundo, tercer plano social, pero; con poder decisorio sobre la vida humana, nos enviaron al espacio frío, tenebroso, profundo, desconocido…, en busca de hábitat, de salvación, que no encontramos en ninguna dirección ni distancia imaginada respecto a la Tierra»

«¡Ese, nuestro planeta, hoy en vías de extinción por depredación humana!»

«¿Cómo explicar?, a formas de vida extraterrestres, que hemos sido los causantes de nuestra propia extinción.» «¿Nos prestarían ayuda?, ¿nos darían cobijo?» …

«¡Se trataba la vida terrestre de una singular comedia en la existencia del universo!»

«De existir un lugar donde seguir, ¿nos venderían la idea de la inmortalidad?» «¿Se extinguirían las corporaciones junto a la ambición de dueños y ejecutivos?» …

«¿Cómo visualizar, concebir, continuar, la vida terrestre –desde la imperfección y maldad humana– a través de un mundo de límpidas, incorruptibles e inmateriales formas de energía?» …

A decir de Jack Halley, viajero del tiempo y el espacio, desde su experiencia, como timonel, en una de aquellas avanzadas naves *Pulsar*, tras visitar insospechados espacios del universo, en el que está inmerso nuestro mundo, no se ha encontrado evidencia de existencia de vida extraterrestre, ni de hábitat propicio para la continuidad de vida terrestre. «Existe, una variedad y vastedad de mundos allá afuera, en esa distancia cósmica, pero; ¡ninguno, con la capacidad y potencialidad terrestre!»

«Todo cuanto hemos visto hacia el futuro distante, está muerto o por morir.» Desde el tenebroso espacio no visible, hasta el espacio de los mil soles, de singularidad luminosa, existencial, dijo; visualizar la actuación del humano –depredador de su propio mundo–: «¿Cuál sería el comportamiento al adquirir sin igual poder?» «¿Se reedificaría la estructura y vida social terrestre?» «¿Sería la salvación y continuidad hacia esos mundos, solo para los tripulantes de aquellas trescientas naves de la flota estelar?» «¡Solo para unos pocos privilegiados!»

«¿Y los niños, que, a sus trece, catorce, solo conocen un mundo limitado por una ruinosa calle y el horizonte marino?» «¿Cómo se viviría?, ¿quién gobernaría esos mundos?» ...

Ante la transmaterialización de la vida corpórea, hacia avanzadas, perfectas e incorruptibles formas de vida inmaterial, energética, la existencia terrestre; sus fundamentos, filosofía, ciencia, religión, acciones y actos mediante los cuales se había regido y organizado durante toda su existencia, perdían efectos, notoriedad, razón de ser, de existir.

«Para los que lograran entender, decodificar y controlar aquel mundo de paz, confraternidad, coexistencia luminosa, espiritual, le estaba reservado un poder absoluto, de dios todopoderoso»

«Sin duda, desde la ambición humana, en competencia por las claves de tal control omnipotente, lleva a presagiar malos tiempos futuros, con desenlace apocalíptico, no solo en el destino de la Tierra, sino del universo entero».

Desde las narrativas y sinceridad, de viajeros estelares, como Jack Halley, los sobrevivientes en la Tierra desvelan, e interpretan, el mundo fuera de las fronteras terrestres. «¡La soledad en la que parece estar tan vasto e inefable universo!»

En la óptica y tiempo terrestre, la existencia de esos mundos solo es conocida; cientos, miles o millones de años luz después de su desaparición —dependiendo de la distancia estelar y la linealidad del tiempo—, cuando los destellos energéticos de su existencia son captados por los dispositivos tecnológicos terrestres. Es solo, a partir del surgimiento del *Lutenium* —dos décadas atrás— y el consiguiente desarrollo tecnológico, que, en menos de una década, del tiempo terrestre; a través de esos viajes y fantásticas narrativas, propagadas sobre la Tierra, los humanos sobrevivientes se encontraron solos, lejos de todo vestigio y posibilidad de salvación, ante el inevitable colapso estelar, planetario, por el decaimiento de la Tierra hacia la atracción gravitacional solar.

Así, en exposición de vida, ante las últimas cinco generaciones del siglo XXI, desde la playa, Jack Halley, viajero del tiempo y el espacio, en espera y contemplación del amanecer del siglo, por el retorno del cometa Halley, exactamente un siglo después de su última visita, expresa que:

«Al principio, al llegar hasta allá, a lo más profundo y distante…», regiones del borde exterior, según la concepción estructural del universo material que hasta entonces se tenía; «¡fuimos mucho más lejos que ningún otro!», dijo, con evidente y sorpresiva satisfacción. «Hasta más allá de esa vasta y distante profundidad exterior, superando los teóricos límites entre espacios del universo creíble, definidos para el momento, ¡donde nos decían era el borde exterior!»

«Todos esos teóricos, científicos, ejecutivos, de pacotilla, ¡estaban equivocados!» Expresa con satisfactoria y sarcástica alegría en su rostro, ¡burlona expresión humana!

«En continuidad de ese límite exterior, al frente de expansión del universo teorizado, hay un más allá, mucho más lejano y de mayor extensión.» «Un mundo donde reina la paz espiritual, la conciencia, el alma, la fe y la luz existencial», explica de pie, a la vez que; con una mano, señala a cada niño, enumerando secuencialmente, asignando nombres y rangos, de cada uno de los tripulantes de primera línea, compañeros de aquella aventura –como en escenificación teatral improvisada–, con la otra mano, barre; pausada y muy sutilmente, el amplio y distante horizonte –escenario teatral de fondo–, engalanado, por la multiplicidad de claroscuros del amanecer, y la majestuosa figura del cometa visitante como actor principal.

«Un mundo incorpóreo…» sigue contando, «inmaterial, de energía absoluta, diversidad de formas, tamaños y colores; ¡en representación de todos los seres del universo, de la Tierra, compañeros de viaje!» «Mundo sin sabores ni olores ni sonidos; ¡cómo un mundo de almas perdidas o muertas!» …

«Allí, en ese irresistible y enigmático lugar; ¡la vida terrestre no sería posible!», dijo Jack, desde un profundo, penetrante, desaliento. ¡Mucho más evidente al desaliento acostumbrado!, con el que narraba y enfatizaba los fracasos en sus fantásticas aventuras, tras de cada regreso, a la orilla del mar, a la luz de la fogata, durante aquel amanecer de especial interés, ante el retorno del Halley a la órbita y cielos terrestres. ¡Un siglo exacto, después de su última visita!

Sus oyentes más asiduos –niños de trece, catorce, en su mayoría–, eran los más afortunados habitantes de esta tierra, al tener noticias de primera mano, desde los espontáneos y expresivos sentimientos de humanidad, en la narrativa de un viajero estelar como Jack, por duras y desesperanzadoras que fueran. Para Jack, como siempre les decía; «es importante saber sobre el progreso o fracaso de nuestra búsqueda», más aún; «es de suma importancia entender que nosotros, los habitantes del planeta Tierra; ¡somos únicos!» «¡Lo único que va quedando con vida en el universo!, hasta los más distantes límites que hemos visitado en los últimos años terrestres».

¡Ese es Jack Halley!, un hombre de recursos y mil historias, que ante la adversidad, desde la tragedia, hecha comedia, intentaba inculcar esperanza de vida y salvación. Durante cada amanecer a la orilla del mar, mientras cuenta su experiencia y reflexiones de cómo se había llegado hasta ese allá; distante, tenebroso, desconocido, de los espacios físicos que conforman a un estructurado y misterioso universo, del que la Tierra, y sus formas de vida, como partes componentes:

«¡Parecen ser lo más resaltante y emblemático de todo lo existente!», dijo.

Capítulo 8

La extinción del ser

Hacia el final del siglo XXI, en busca de salvación y continuidad de la vida, dotada de la más avanzada y fantástica tecnología espacial, la especie humana; en menos de una década de tiempo lineal, recorrió el universo, llegando a espacios desconocidos. «¡Mundos, donde no era posible la vida terrestre!», donde lo existente, al interior de cada nuevo lugar al que se arribaba, estaba por fenecer, cuando no, ya extinto, hacía millones de años luz. ¡Mucho antes que toda existencia de vida en la Tierra!

En la profundidad y lejanía, de un cosmos impenetrable a la vista y los sentidos humanos, al interior del espacio desconocido; encontró a la imperturbable materia oscura, que, como barrera estelar cósmica, confina, condena y encarcela la existencia humana, material, dentro del espacio visible, obstaculizando ver más allá, del allá en regiones del universo distante.

«Impidiendo ver en la distancia, desde la Tierra, un mundo de extrema luminosidad, pasividad y quietud, ¡a mucha más lejanía de lo teorizado, como límite del universo!» «¡Hacia el verdadero frente de expansión!», como lo describe Jack en sus narrativas:

«¡Hacia el espacio de los mil soles!»

Espacio donde; devastado por las circunstancias, sin esperanza, para continuidad de la vida, al interior del espacio no visible, intempestiva e inexplicablemente, en mucho menos de un parpadeo, las tripulaciones, en las naves terrestres de avanzada expedicionaria, se encontraron, así mismas, inmateriales.

Inmersos, en un océano de energías exóticas, puras, donde la dimensión espacio-tiempo perdía sentido, como también lo perdía la materialización, la existencia corpórea del individuo.

«A nuestro alrededor, ¡todo era energía límpida, incorruptible, de simple composición, como el más sencillo de todos los organismos vivientes!», dijo Jack, en algún momento de su narración, con reveladora preocupación dibujada en el rostro.

Desde ese estado de inmaterialidad, donde la dimensión espacio-tiempo no tiene sentido práctico, palpable, la especie humana; observó su soledad en el universo como ser viviente, de clase y apariencia singular. Entendió que era; «¡una rara especie cósmica de genética única!»

A su alrededor, muchas energías de alta pureza podían representar cualquier forma de vida a las que, desde este estado y condición de existencia incorpórea, no podía ver, reconocer, palpar, tratar, como humano que era, ¡su inmaterialidad se lo impedía! Solo era consciente de la diversidad y poder energético a su alrededor:

«¡Infinitud, tamaños y formas que; podían representar a cada uno de los habitantes de la Tierra aún vivos!»

«¡De otros mundos por descubrir, ya extintos, como parecía ser el destino de la Tierra y su diversidad genética!»

«¿Cómo actuar, o ser, desde esa incorporeidad?» «Cómo actuar y ser, humano, desde la inmaterialidad, sin poder sentir; ¿sin poder ver, oler, palpar, escuchar?»

«Desde ese estado de existencia inmaterial se pierde todo sentimiento, razonamiento lógico, absurdo, imperfecciones, que nos caracterizan y describen como seres humanos»

«¡Se deja de ser humano!»

Así de reflexivo, a través de aquellos gélidos y muy distantes espacios existenciales, la especie humana fue descubriendo, en menos de una década del tiempo lineal terrestre, que; «¡la Tierra era el último rincón de vida!» Desde la soledad de esos parajes, pudo apreciar cómo; «lo muerto y extinto se extiende hacia la nada, a velocidades vertiginosas, alejándose cada vez más de la vida terrestre, y regresándonos a la paradoja relativista del espacio-tiempo recorrido, con la velocidad luz como limitante».

Desde entonces, en la dimensión espacio-tiempo, nuevos fundamentos describen la existencia, causas y efectos sobre la vida terrestre, por confinamiento en el espacio visible, de donde no le está permitido escapar por imposición cósmica desconocida.

«Por más que se pueda viajar a velocidades hiperlumínicas, todo lo encontrado, alrededor de este espacio, es un universo extinto, la nada» Más allá de este espacio cósmico, de aparente confinamiento existencial, al frente del espacio no visible de la materia oscura, está un lugar de ensueños, donde todas las fuentes y formas de energía confluyen. De inmaterialidad, donde la vida y existencia humana pierden sentido, razón de ser, descubriendo así que:

«Se había llegado, al lugar que por siglos se idealizó como fuente y origen de la vida; ¡el nacimiento del universo!»

«Allí está contenida la información inicial, primigenia, del tiempo más antiguo, ¡el pasado!» «Desde ese paraje; se observa al tiempo correr en sentido inverso, contrario a lo que siempre se pensó.» «En su frente de expansión, está el tiempo más antiguo.» «Hacia el espacio visible, en nuestra proximidad, está el tiempo más joven, el presente.»

«¡Somos lo más joven de la creación universal!», «¡nuestra continuidad representa el futuro!»

«Ahora lo podemos ver con claridad: ¡más allá de nuestra vecindad, en este espacio visible, no hay futuro, solo hay pasado, nuestro mundo, es el tiempo presente, el tiempo futuro lo define nuestro destino!» «¡Allá afuera no hay otra cosa que no sea tiempo pasado!»

«Como único espacio contenedor de vida, este; nuestro planeta Tierra y los que en él habitamos, ¡representamos el presente y futuro de la única posibilidad de existencia de vida en todo el universo!»

Expresiones extremadamente efusivas en la narrativa de Jack Halley, que, al reflexionar sobre el origen del universo, retumban, resaltan, desde los más profundos recuerdos de aquel; el amanecer del siglo XXI, a orillas del mar, ante la visita, después de un siglo exacto, del cometa Halley.

Sin duda, que después de tal exposición sobre el tiempo y su avance en sentido inverso a la dirección de expansión del universo, a los presentes les quedaba claro que; «¡ningún lugar, fuera de nuestro planeta Tierra, ofrece esperanza, aliento y continuidad para la vida terrestre!», por el contrario, todos y cada uno mostraban signos, características disímiles, ajenas y, preocupantes, que conducían a espeluznantes conclusiones:

«El ser humano, como especie única en todo el universo, está confinado al planeta Tierra, su existencia limitada, condicionada a la evolución y continuidad del propio planeta» «Nosotros; humanos, junto al planeta y la diversidad genética, biológica, material existente, somos uno, unívoco, y no podemos ser divididos, separados, ni existir unos sin el otro»

«En la inconmensurabilidad del universo, no hay otro lugar como este, nuestro planeta Tierra, donde continuar la vida que hasta ahora hemos conocido».

Y, como lo expresaba el viejo maestro, desde su paradoja relativista:

«No se puede escapar a la prisión de espacio-tiempo por más que se quiera o pueda viajar a la velocidad de la luz».

¡Sublime amargura!

FIN.

Cronología retrospectiva

2086   Tiempo presente; retorno del cometa Halley. Búsqueda de un lugar habitable en el universo.

2081   Nueva era espacial; acoplamiento y puesta en órbita funcional de la estación *Lunatium-Gravatar*.

2076   Madurez en el desarrollo tecnológico espacial basado en el *Lutenium*.

2071   Se confirma que la Tierra, tras ser desalojada de su órbita regular, vaga por el espacio con decaimiento elíptico hacia el Sol.

2066   Surgimiento del *Lutenium*.

2061   Estalla la guerra entre las sociedades terrestre y lunar. Se destruye la Luna y colisiona con la Tierra, sacándola de su órbita regular respecto al Sol.

       60-57 Se rompe el armisticio en la Tierra y las relaciones entre la Luna y la Tierra. Se inicia una confrontación definitiva por el control terrestre de la sociedad lunar.

2056   Segunda generación de humanos nacidos en la Luna, Los *Lunatienses*.

2051   Plenitud en desarrollo y establecimiento lunar.

2046   Desarrollo lunar.

2041   Desarrollo lunar.

2036   Nacimiento de la primera generación de humanos en la Luna.

2031   Retorno y establecimiento, de la especie humana, en la superficie lunar.

2026   Firma del armisticio, fin de las hostilidades en la Tierra. Comienza una dinámica carrera espacial hacia la Luna.

2022   Colapso civilizatorio, las sociedades, estados-naciones, entran en una guerra global.

2020   La actividad humana mundial se paraliza en busca de protección ante la afectación pandémica por covid-19.

...

1986   El cometa Halley hace su aparición, en los cielos terrestres, por segunda ocasión en el siglo XX.

Glosario

Lutenium: aleación surgida en la Tierra después de ser colisionada por la Luna, por la fusión de fragmentos lunares, portadores de materia cósmica; oscura, exótica. De respuesta fotosintética, antigravitacional, ante variaciones de la energía cósmica de extrañeza galáctica.

Lunatium-Gravatar: arca espacial formada por acoplamiento de las naves *Cuásar*, *Pulsar* y *Gravitones* en símil de la estructura fullerena, para resguardo de la biodiversidad genética terrestre.

Lunatiense: humanos concebidos y nacidos en la Luna totalmente aislados del ámbito y la vida social terrestre.

Cuásar: nave nodriza de estructura y propulsión luteniana, concebida como transporte de larga distancia, con capacidad de carga y logística para unas quinientas mil personas y buena parte de la biodiversidad genética terrestre.

Pulsar: nave de exploración avanzada, con estructura cien veces menor que un *Cuásar*, capacidad autonómica para el sostenimiento de unas tres mil personas, puede recorrer mil años luz en pocos femtosegundos.

Gravitones: naves de configuración básica, primeros en su clase, se destinaron al transporte de personal y servicios logísticos, de autonomía restringida al espacio próximo de las naves mayores, conforman el sistema de acople entre naves *Pulsar* y *Cuásar* en la maniobra de configuración de la estación *Lunatium-Gravatar*.

Efecto inverso repulsivo: propiedad característica del *Lutenium,* de respuesta antigravitacional, puesta de manifiesto, al estar en la proximidad de cuerpos de origen, estructura y composición orgánica, diferente a la terrestre.

Espacio Objetivo: localización espacio-temporal fuente de la rareza energética, al que; tras detectar y decodificar señales de variación energética estelar, se fija como meta a visitar.

Espacio Reflejado: espacio-temporal, creado por el sistema propulsor de las naves *Cuásar* y *Pulsar*, por transformación, traslado y proyección del espacio fuente distante, hasta la proximidad de la nave. Actúa como fuente generadora de la diferencia de potencial galáctico, en configuración del túnel energético, a través del cual, es impulsada la nave de un espacio a otro, a muy alta velocidad y energía.

Ante la fragilidad de la vida;
en homenaje y recordatorio
de los fallecidos por afectación
pandémica de covid-19.

***

Cumaná–Venezuela.
Abril, 2021.

***

www.ingramcontent.com/pod-product-compliance
Lightning Source LLC
Chambersburg PA
CBHW051346150726

48000CB00003B/1064